KB084044

사랑손님과 어머니

아시아에서는 《바이링궐 에디션 한국 대표 소설》을 기획하여 한국의 우수한 문학을 주제별로 엄선해 국내외 독자들에게 소개합니다. 이 기획은 국내외 우수한 번역가들이 참여하여 원작의 품격을 최대한 살렸습니다. 문학을 통해 아시아의 정체성과 가치를 살피는 데 주력해 온 아시아는 한국인의 삶을 넓고 깊게 이해하는데 이 기획이 기여하기를 기대합니다.

Asia Publishers presents some of the very best modern Korean literature to readers worldwide through its new Korean literature series 〈Bilingual Edition Modern Korean Literature〉. We are proud and happy to offer it in the most authoritative translation by renowned translators of Korean literature. We hope that this series helps to build solid bridges between citizens of the world and Koreans through a rich in-depth understanding of Korea.

바이링궐 에디션 한국 대표 소설 099

Bi-lingual Edition Modern Korean Literature 099

Mama and the Boarder

주요섭
사랑손님과 어머니

Chu Yo-sup

ASIA
PUBLISHERS

Contents

사랑손님과 어머니

Mama and the Boarder

1

   나는 금년 여섯 살 난 처녀애입니다. 내 이름은 박옥 희이구요. 우리 집 식구라고는 세상에서 제일 예쁜 우 리 어머니와 나와 단 두 식구뿐이랍니다. 아차 큰일 날 뻔했군, 외삼촌을 빼놓을 뻔했으니.

   지금 중학교에 다니는 외삼촌은 어디를 그렇게 싸돌 아다니는지 집에는 끼니때나 외에는 별로 붙어 있지를 않으니까 어떤 때는 한 주일씩 가도 외삼촌 코빼기도 못 보는 때가 많으니까요. 깜빡 잊기도 예사지요, 무얼.

   우리 어머니는 그야말로 세상에서 둘도 없이 곱게 생

1

My name is Pak Ok-hŭi, and this year I'll be six years old. There's just two of us in my family—me and my mother, who's the prettiest woman in the whole wide world. Woops—I almost left out my uncle.

He's in middle school, and always running around, so he's hardly ever here except for meals. A lot of the time we won't even see his shadow, for days on end. So can you blame me if I forgot him for a second?

My mother is so beautiful, there's really no one

긴 우리 어머니는 금년 나이 스물세 살인데 과부랍니다. 과부가 무엇인지 나는 잘 몰라도 하여튼 동리 사람들은 나더러는 '과부 딸'이라고들 부르니까 우리 어머니가 과부인 줄을 알지요. 남들은 다 아버지가 있는데 나만은 아버지가 없지요. 아버지가 없다고 아마 '과부 딸'이라나 봐요.

2

외할머니 말씀을 들으면 우리 아버지는 내가 이 세상에 나오기 한 달 전에 돌아가셨대요. 우리 어머니하고 결혼한 지는 일 년 만이고요. 우리 아버지의 본집은 어디 멀리 있는데, 마침 이 동리 학교에 교사로 오게 되기 때문에 결혼 후에도 우리 어머니는 시집으로 가지 않고 여기 이 집을 사고 (바로 이 집은 우리 외할머니 댁 뒷집이지요) 여기서 살다가 일 년이 못 되어 갑자기 돌아가셨대요. 내가 세상에 나오기도 전에 아버지는 돌아가셨다니까 나는 아버지 얼굴도 못 뵈었지요. 그러기에 아무리 생각해 보아도 아버지 생각은 안 나요. 아버지 사진이라는 사진은 나두 한두 번 보았지요. 참말로 훌륭한 얼

else like her in the world. She'll be twenty-three this year, and she's a widow. I'm not sure what a widow is, but since the neighbors call me the "widow's girl," I figure she must be a widow. The other kids all have fathers, but not me. Maybe that has something to do with it.

2

According to Grandma, my father passed away a month before I came along. He and my mother had only been married for a year. My father was from somewhere far off, and he came here to teach school. So when they were married my mother stayed here and they bought this house (it's the one next to Grandma's). They weren't here even a year when my father suddenly died. Because he passed away before I was born, I never saw him in person. And I can't picture him no matter how hard I try. A couple of times I've seen what's supposed to be his picture, and he sure was good-looking. If he was still alive, he'd definitely be the most handsome father in the whole world. It's just not fair that I never got a chance to see him. It's been quite a while since I've seen his picture. My mother used to keep

굴이야요. 그 아버지가 살아 계시다면 참말로 세상에서 제일가는 잘난 아버지일 거야요. 그런 아버지를 뵙지도 못한 것은 참으로 분한 일이야요. 그 사진도 본 지가 퍽 오랬는데, 이전에는 그 사진을 어머니 책상에 놓아두시더니 외할머니가 오시면 오실 때마다 그 사진을 치우라고 늘 말씀하셨는데, 지금은 그 사진이 어데 있는지 없어졌어요. 언젠가 한번 어머니가 나 없는 동안에 몰래 장롱 속에서 무엇을 꺼내 보시다가 내가 들어오니까 얼른 장롱 속에 감추는 것을 내가 보았는데, 그것이 아마 아버지 사진인 것 같았어요.

아버지가 돌아가시기 전에 우리가 먹고살 것이나 남겨놓고 가셨대요. 작년 여름에, 아니 가을이 다 되어서군요. 하루는 어머니를 따라서 저 여기서 한 십 리나 가서 조그만 산이 있는 데를 가서 거기서 밤도 따 먹고 또 그 산 밑에 초가집에 가서 닭고깃국을 먹고 왔는데, 거기 있는 땅이 우리 땅이래요. 거기서 나는 추수로 밥이나 굶지 않게 된대요. 그래도 반찬 사고 과자 사고 할 돈은 없대요. 그래서 어머니가 다른 사람의 바느질을 맡아서 해주지요. 바느질을 해서 돈을 벌어서 청어도 사고 달걀도 사고 또 내가 먹을 사탕도 사고 한다고요.

it on her desk, but every time Grandma came she'd tell her to put it away. So now it's gone and I don't know where. Once I came home and saw my mother sneaking a look at something from the chest. When she heard me she hid it in the chest real quick like. I guess maybe that was his picture.

My father left us something to live on before he passed away. One day last summer—actually I guess it was almost fall—Mother took me to a little mountain a few miles away to see it. At the bottom of the mountain was a house with a straw roof. We scooped up some chestnuts, then went inside and had some chicken soup. She said this was our land. We get enough rice and such from it, so we don't have to go hungry. But there's no money for meat and vegetables or goodies. So Mother takes in sewing. That's where she gets the money to buy herring and eggs, and candy for me.

So there was really only my mother and me. But since Father's den was now empty, my mother decided to get some use out of it and at the same time have someone to run errands for her. And that's how Little Uncle got to live with us.

그리고 우리 집 정말 식구는 어머니와 나와 단둘인데 아버님이 계시던 사랑방이 비어 있으니 그 방도 쓸 겸 또 어머니의 잔심부름도 좀 해줄 겸해서 우리 외삼촌이 사랑에 와 있게 되었대요.

3

금년 봄에는 나를 유치원에 보내준다고 해서 나는 너무나 좋아서 동무 아이들한테 실컷 자랑을 하고 나서 집으로 들어오노라니까 사랑에서 큰외삼촌이 (우리 집 사랑에 와 있는 외삼촌의 형님 말이요) 웬 낯선 사람 하나와 앉아 이야기를 하고 있습니다. 나를 보더니 "옥희야" 하고 부르겠지요. "옥희야, 이리 온. 와서 이 아저씨께 인사드려라."

나는 어째 부끄러워서 비슬비슬하니까, 그 낯선 손님이,

"아, 그 애기 참 곱다. 자네 조카딸인가?"

"응, 내 누이의 딸…… 경선 군의 유복녀 외딸일세."

"옥희, 이리 온, 응! 그 눈은 꼭 정아버지를 닮았네그려" 하고 낯선 손님이 말합디다.

3

One day Mother said she was going to send me to kindergarten in the spring. You should have seen how proud I was with my playmates. But as soon as I came home from playing, I saw Big Uncle (I mean the big brother of Uncle who lived in my father's room) sitting there talking with someone I'd never seen before.

"Ok-hŭi," Big Uncle called me. "Ok-hŭi, come here and say hello to this man."

I felt bashful and just stayed where I was.

This man I'd never seen before said to Big Uncle, "What a lovely girl—is she your niece?"

"Yes, she's my sister's daughter... She wasn't born yet when Kyŏng-sŏn died. She's his only child."

"Ok-hŭi, come here, hmm?" said the stranger. "Those eyes are just like your father's."

"Ok-hŭi, you're a big girl now—why so shy? Come here and say hi. This man's an old friend of your father. He's moving into your father's room here, so you'd better say hi and get to know each other."

The stranger was moving into my father's room? That made me very happy. So I went up to the

"자, 옥희야, 커단 처녀가 왜 저 모양이야. 어서 와서 이 아저씨께 인사해여. 너의 아버지의 옛날 친구이다. 또 인제부터는 이 사랑에 계실 터인데 인사 여쭙고 친해 두어야지."

나는 이 낯선 손님이 사랑에 계시게 된다는 말을 듣고 갑자기 즐거워졌습니다. 그래서 그 아저씨 앞에 가서 사뿟이 절을 하고는 그만 안마당으로 뛰어 들어왔지요. 그 아저씨와 큰외삼촌은 소리를 내서 크게 웃더군요.

나는 안방으로 들어오는 나름으로 어머니를 붙들고,

"어머니, 사랑에 큰삼춘이 아저씨를 하나 데리고 왔는데, 그 아저씨가 이제 사랑에 있는대" 하고 법석을 하니까,

"응, 그래." 하고 어머니는 벌써 안다는 듯이 대답을 하더군요.

"언제부텀 와 있나?"

"오늘부텀."

"애구 좋아" 하고 내가 손뼉을 치니까 어머니는 내 손을 꼭 잡으면서,

"왜 이리 수선이야."

man, gave him my best bow, then ran out to the inner courtyard. I could hear Big Uncle and the man laughing.

I went into Mother's room, and right off, I tugged on her sleeve.

"Mother!" I said. I was still all excited. "Big Uncle brought a man here! He's moving into the guest room!"

"That's right."

I guess she already knew about it.

"When's he moving in?"

"Today."

"Yippee!"

I started clapping my hands, but Mother grabbed them.

"Now what's all this fuss?"

"But what about Little Uncle?"

"He'll stay there too."

"You mean the two of them together?"

"Umm-hmm."

"In the same room?"

"Why not? They can close the sliding partition, and then they'll each have a space."

I didn't know who this new uncle was. But he treated me nice, and right away I took a shine to

17

"그럼 작은외삼춘은 어디루 가구?"

"외삼춘두 사랑에 있지."

"그럼 둘이 있나?"

"응."

"한방에 둘이 다 있어?"

"왜, 장지문 달구 외삼춘은 아랫방에 계시구 그 아저씨는 윗방에 계시구, 그러지."

나는 그 아저씨가 어떤 사람인지는 몰랐으나 내게는 퍽 고맙게 굴고 또 나도 그 아저씨가 꼭 마음에 들었어요. 어른들이 저희끼리 말하는 것을 들으니까 그 아저씨는 돌아가신 우리 아버지와 어렸을 적 친구라고요. 어디 먼 데 가서 공부를 하다가 요새 돌아왔는데, 우리 동리 학교 교사로 오게 되었대요. 또 우리 큰외삼촌과도 동무인데, 이 동리에는 하숙도 별로 깨끗한 곳이 없고 해서 우리 사랑으로 와 계시게 되었다고요. 또 우리도 그 아저씨에게서 밥값을 받으면 살림에 보탬도 좀 되고 한다고요.

그 아저씨는 그림책들이 얼마든지 있어요. 내가 사랑에 가면 그 아저씨는 나를 무릎에 앉히고 그림책들을 보여줍니다. 또 가끔 사탕도 주고요. 어느 날은 점심을

him. Later I heard the grown-ups say he was a friend of my father ever since they were little. He went off somewhere to study, and just came back, and he got assigned to teach at a school here. He's also a friend of Big Uncle, and since the boarding-house rooms in our neighborhood aren't too clean, they arranged for him to stay in our guest room. Best of all, the board money he paid us would give us some of the extras we wanted so much.

This new uncle had a whole bunch of picture books. Whenever I went in his room, he sat me in his lap and showed them to me. Every once in a while he gave me a piece of candy. Once I sneaked into his room after my lunch. He was just starting his meal. I sat down without a peep to watch him eat.

"Now what kind of side dish does Ok-hŭi like best?" he asked me.

Boiled eggs, I told him. Well, wouldn't you know it, he had some on his meal tray. He gave me one and told me to help myself. I peeled it and started eating.

"Uncle, which side dish do *you* like most?"

He smiled for a moment.

"Boiled eggs."

먹고 살그머니 사랑에 나가보니까 아저씨는 그때에야 점심을 잡수어요. 그래 가만히 앉아서 점심 잡숫는 걸 구경하고 있노라니까, 아저씨가,

"옥희는 어떤 반찬을 제일 좋아하나?" 하고 묻겠지요. 그래 삶은 달걀을 좋아한다고 했더니 마침 상에 놓인 삶은 달걀을 한 알 집어주면서 나더러 먹으라고 합디다. 나는 달걀을 벗겨 먹으면서,

"아저씨는 무슨 반찬이 제일 맛나우?" 하고 물으니까, 그는 한참이나 빙그레 웃고 있더니,

"나두 삶은 달걀" 하겠지요. 나는 좋아서 손뼉을 짤깍짤깍 치고,

"아, 나와 같네 그럼. 가서 어머니한테 알려야지" 하면서 일어서니까, 아저씨가 꼭 붙들면서,

"그러지 말어" 그러시지요. 그래도 나는 한번 맘을 먹은 다음엔 꼭 그대로 하고야 마는 성미지요. 그래 안마당으로 뛰어 들어서면서,

"어머니, 어머니, 사랑 아저씨두 나처럼 삶은 달걀을 제일 좋아한대" 하고 소리를 질렀지요.

"떠들지 말어" 하고 어머니는 눈을 흘기십디다.

그러나 사랑 아저씨가 달걀을 좋아하는 것이 내게는

I was so happy I clapped my hands.

"Gee, just like me. I'm going to tell Mother."

I got up to go, but the uncle grabbed me.

"Oh, don't do that."

But once I make up my mind there's no stopping me. So I ran out to the inner courtyard.

"Mother! Mother!" I yelled. "The new uncle's favorite side dish is boiled eggs, just like me!"

"Now don't make such a fuss," Mother said. And she gave me her please-don't-do-that look.

But the fact that the new uncle liked eggs turned out quite nice for me. Because Mother started buying eggs in bunches from then on. When the old woman with the eggs came around, Mother bought ten or twenty at a time. She boiled them up and put two of them in the uncle's place at mealtime, and then she almost always gave me one. And that wasn't all. Sometimes when I visited the uncle, he'd get an egg or two from his drawer for me to eat. After that I ate eggs to my heart's content. I really liked the uncle. But Little Uncle grumbled sometimes. I guess he didn't take to the new uncle too well. And he didn't like the way he had to run errands for him—that was probably the real reason. Once I saw Little Uncle arguing with Mother.

썩 좋게 되었어요. 그다음부터는 어머니가 달걀을 많이
씩 사게 되었으니까요. 달걀장수 노친네가 오면 한꺼번
에 열 알도 사고 스무 알도 사고 그래선 삶아서 아저씨
상에도 놓고 또 으레 나도 한 알씩 주고 그래요. 그뿐 아
니라 아저씨한테 놀러 나가면 가끔 아저씨가 책상 서랍
속에서 달걀을 한두 알 꺼내서 먹으라고 주지요. 그래
그 담부터는 나는 아주 실컷 달걀을 많이 먹었어요. 나
는 아저씨가 아주 좋았어요. 마는 외삼촌은 가끔 툴툴
하는 때가 있었어요. 아마 아저씨가 마음에 안 드나 봐
요. 아니, 그것보다도 아저씨 상 심부름을 꼭 외삼촌이
하니까 그것이 하기 싫어서 그랬겠지요. 한번은 어머니
와 외삼촌이 말다툼하는 것을 들었어요. 어머니가,

"야, 또 어데 나가지 말고 사랑에 있다가 선생님 들어
오시거든 상 내가야지" 하고 말씀하시니까, 외삼촌은
얼굴을 찡그리면서,

"제길, 남 어데 좀 볼일이 있는 날은 반드시 끼니때에
안 들어오고 늦어지니" 하고 툴툴하겠지요. 그러니까
어머니는,

"그러니 어짜갔니? 너밖에 사랑 출입할 사람이 어데
있니?"

"Now look," said Mother, "don't you be running off again. Why can't you wait in his room? You'll have to take him his dinner tray when he comes back."

Little Uncle made a face.

"Aw shit, whenever yours truly has something to do, it seems like he's always late for his meal."

"Well, what can I do? I need *somebody* to take him his meal."

"Can't you do it yourself, Sister? Times have changed. Why do you have to be so old-fashioned when it comes to men?"

Suddenly Mother's face was all red. She didn't say anything, but you should have seen the look she gave Little Uncle.

Little Uncle gave a laugh to lighten the mood, and went out to the guest room.

4

I started kindergarten, and our teacher taught us songs. She also taught us dancing. She was real good at the pedal organ. The organ was a little thing compared with the one at the Protestant church we went to, but it still made a nice sound.

"누님이 좀 상 들고 나가구려. 요새 세상에 내외하십니까."

어머니는 갑자기 얼굴이 빨개지시고 아무 대답도 없이 그냥 외삼촌에게 향하여 눈을 흘기셨습니다. 그러니까 외삼촌은 웃으면서 사랑으로 나갔지요.

4

나는 유치원에 가서 창가¹⁾도 배우고 댄스도 배우고 하였습니다. 유치원 여선생님이 풍금을 아주 썩 잘 타요. 그런데 우리 유치원에 있는 풍금은 우리 예배당에 있는 풍금과는 다른데, 퍽 조그마한 것이지마는 소리는 썩 좋아요. 그런데 우리 집 윗간에도 유치원 풍금과 꼭 같이 생긴 것이 놓여 있는 것이 갑자기 생각이 났어요. 그래 그날 나는 집으로 오는 길로 어머니를 끌고 윗간으로 가서,

"엄마, 이거 풍금 아니우?" 하고 물으니까, 어머니는 빙그레 웃으시면서,

"그렇다. 그건 어떻게 알았니?"

"우리 유치원에 있는 풍금이 이것과 꼭 같아. 그럼 어

Then I remembered seeing something that looked just like our kindergarten organ sitting at the far end of our room at home. So as soon as I got back that day I pulled Mother over to it and asked:

"Mama, this is an organ, isn't it?"

Mother smiled.

"That's right. How did you know?"

"It's just like the one at kindergarten. Can you play it, too, Mother?"

I had to ask, because I'd never seen her playing it. But she didn't say a word.

"Try it, Mother—please?"

Her face got kind of cloudy.

"Your father bought this organ for me. I haven't even raised the lid since he passed on..."

She looked like she was about to burst into tears at any second, so I changed the subject.

"Can I have a candy, Mommy?"

And then I led her back to the near end of our room, where it was warmer.

Before I knew it, a month had passed since the uncle moved in. I stopped by his room almost every day. Once in a while Mother would tell me it was no good pestering him like that. But if you want to know the truth, I didn't pester him one little

머니두 풍금 탈 줄 아우?" 하고 나는 다시 물었습니다. 그것은 내가 이때껏 한 번도 어머니가 이 풍금 앞에 앉은 것을 본 일이 없기 때문입니다.

어머니는 아무 대답도 아니 하십니다.

"어머니, 이 풍금 좀 타봐!" 하고 재촉하니까, 어머니 얼굴은 약간 흐려지면서,

"그 풍금은 너의 아버지가 날 사다 주신 거란다. 너의 아버지 돌아가신 후에는 그 풍금은 이때까지 뚜껑두 한 번 안 열어보았다……." 이렇게 말씀하시는 어머니 얼굴을 보니까 금방 또 울음보가 터질 것같이 보여서 그만, "엄마, 나 사탕 주어" 하면서 아랫방으로 끌고 내려왔습니다.

아저씨가 사랑에 와 계신 지 벌써 여러 밤을 잔 뒤입니다. 아마 한 달이나 되었지요. 나는 거의 매일 아저씨 방에 놀러 갔습니다. 어머니는 가끔 그렇게 가서 귀찮게 굴면 못쓴다고 꾸지람을 하시지만 정말인즉 나는 조금도 아저씨를 귀찮게 굴지는 않았습니다. 도리어 아저씨가 나를 귀찮게 굴었지요.

"옥희 눈은 아버지를 닮았다. 고 고운 코는 아마 어머니를 닮았지, 고 입하고. 그러냐, 안 그러냐? 어머니도

bit. It was the uncle who pestered *me*.

"Ok-hŭi, those eyes of yours look just like your father's. But maybe that cute little nose came from your mother. And that little mouth, too. Am I right? Is your mother pretty like you?"

"Uncle, you're silly! Haven't you seen her face?"

But when I answered him that way, he didn't say a word.

"Shall we go in and see Mother?" I asked, taking the uncle by the sleeve.

You should have seen how strongly he reacted.

"No, we'd better not—I'm busy now," he said, pulling me back the other way. But he really didn't seem all that busy, because he didn't ask me to leave. Instead he patted my head and gave me a kiss on the cheek—he wouldn't let me go. And he kept asking me such funny questions: "Who made you this pretty jacket?... Do you sleep with your Mama at night?" He made me feel like I was something special to him. But when Little Uncle came back, the new uncle's attitude changed all of a sudden. He stopped asking me about these various things, and he wouldn't hug me tight. Instead he got all proper and showed me a picture book. Maybe he was afraid of Little Uncle.

옥희처럼 곱지?……" 이렇게 여러 가지로 물을 때도 있었습니다. 그래 나는,

"아저씨, 아직 우리 어머니 못 만나 보았수?" 하고 물었더니, 아저씨는 잠잠합니다.

"우리 어머니 보러 들어갈까?" 하면서 아저씨 소매를 잡아당겼더니, 아저씨는 펄쩍 뛰면서,

"아니, 아니, 안 돼. 난 지금 분주해서" 하면서 나를 잡아끌었습니다. 그러나 정말로 무슨 그리 분주하지도 않은 모양이었어요. 그러기에 나더러 가란 말도 아니하고 그냥 나를 붙들고 머리도 쓰다듬고 뺨에 입도 맞추고 하면서,

"요 저구리 누가 해주디?…… 밤에 엄마하구 한자리에서 자니?"라는 둥 쓸데없는 말을 자꾸만 물었지요.

그러나 웬일인지 나를 그렇게 귀애해 주던 아저씨도 아랫방에 외삼촌이 들어오면 갑자기 태도가 달라지지요. 이것저것 묻지도 않고 나를 꼭 껴안지도 않고 점잖게 앉아서 그림책이나 보여주고 그러지요. 아마 아저씨가 우리 외삼촌을 무서워하나 봐요.

하여튼 어머니는 나더러 너무 아저씨를 귀찮게 한다고 어떤 때는 저녁 먹고 나서 나를 꼭 방 안에 가두어두

Whatever the reason, Mother scolded me for pestering the uncle. And every once in a while she kept me in our room after dinner. But pretty soon she'd get caught up in her sewing, and I'd try to sneak out. When she heard the door slide open she'd perk up and catch me. But she never got mad at me. "Come here so I can fix your hair," she'd say. And then she'd pull me inside and make my braids nice and pretty again. "We want your hair to look nice. What's the uncle going to think if you go around just the way you are?" Or she'd braid my hair and say, "Now what did you do to your jacket?" and make me change into a new one.

5

One Saturday the new uncle asked me if I wanted to go for a little walk. I was so happy I said yes right away.

"Go inside and ask your mother first," he said.

Gee, he's right, I thought.

Mother said it was okay. But before she let me go she scrubbed my face and did my braids over. Then she hugged me real tight.

"Now don't be too late," she said in a loud voice. I

고 못 나가게 하는 때도 더러 있었습니다. 그러나 조금 있다가 어머니가 바느질에 정신이 팔리어 골몰하고 있을 때 몰래 가만히 일어나서 나오지요. 그런 때에는 어머니는 문 여는 소리를 듣고야 퍼뜩 정신을 차려서 쫓아와 나를 붙들지요. 그러나 그런 때는 어머니는 골은 아니 내시고,

"이리 온, 이리 와서 머리 빗고" 하고 끌어다가 머리를 다시 곱게 땋아주어요.

"머리를 곱게 땋고 가야지. 그렇게 되는 대루 하구 가문 아저씨가 숭보시지" 하시면서. 또 어떤 때에는 머리를 다 땋아주시고는,

"응, 저구리가 이게 무어냐?" 하시면서 새 저고리를 내어주시는 때도 있었습니다.

5

어떤 토요일 오후였습니다. 아저씨는 나더러 뒷동산에 올라가자고 하셨습니다. 나는 너무나 좋아서 가자고 하니까,

"들어가서 어머님께 허락 맡고 온" 하십니다. 참 그렇

bet the uncle heard it too.

We climbed to the top of a hill and looked down for a while at the train station, but no trains were running. I had fun pulling the long blades of grass and pinching the uncle while he was lying on the ground. Later when we were on our way down the hill, the uncle was holding my hand and we ran into some of the kids from my kindergarten.

"Look, Ok-hŭi went somewhere with her dad," one of them said. This girl didn't know my father had passed away. My face got hot, maybe because I was thinking just then how nice it would be if the uncle really was my father. I wanted so much to be able to call him "Papa," even if it was just once. You don't know how much I enjoyed walking home through the alleys with the uncle holding my hand.

We arrived at the front gate.

"Uncle, I wish you were my papa," I blurted out.

The uncle turned red as a tomato and gently prodded me.

"You shouldn't say things like that," he said almost in a whisper. His voice was shaking an awful lot. The only thing I could think of was that he must have gotten angry. So I went inside without saying anything more.

습니다. 나는 뛰어 들어가서 어머니께 허락을 맡았습니다. 어머니는 내 얼굴을 다시 세수시켜주고 머리도 다시 땋고 그러고 나서는 나를 아스러지도록 한번 몹시 껴안았다가 놓아주었습니다.

"너무 오래 있지 말고, 응" 하고 어머니는 크게 소리치셨습니다. 아마 사랑 아저씨도 그 소리를 들었을 거야요.

뒷동산에 올라가서 정거장을 한참 내려다보았으나 기차는 안 지나갔습니다. 나는 풀잎을 쭉쭉 뽑아보기도 하고 땅에 누운 아저씨의 다리를 가서 꼬집어보기도 하면서 놀았습니다. 한참 후에 아저씨가 손목을 잡고 내려오는데 유치원 동무들을 만났습니다.

"옥희가 아빠하구 어디 갔다 온다잉" 하고 한 동무가 말합니다. 그 아이는 우리 아버지가 돌아가신 줄을 모르는 아이였습니다. 나는 얼굴이 빨개졌습니다. 그때 나는 얼마나 이 아저씨가 정말 우리 아버지였더라면 하고 생각했는지 모릅니다. 나는 정말로 한 번만이라도,

"아빠" 하고 불러보고 싶었습니다. 그리고 그날 그렇게 아저씨하고 손목을 잡고 골목골목을 지나오는 것이 어찌도 재미가 좋았는지요.

Mother gave me a hug and said, "Where did you go?"

But instead of answering I started to sniffle.

"Ok-hŭi, what happened? What's wrong, honey?"

All I could do was cry.

6

The next day was Sunday, and Mother and I got ready to go to church. While she was changing I poked my head inside the guest room to see if the uncle was still in a bad mood. He was sitting at his desk writing something. I tiptoed in, and when he looked up he had a big grin on his face. That smile made me feel easy again. Now I knew he wasn't mad anymore. The uncle looked me over from head to toe.

"Ok-hŭi, where are you going all prettied up like that?"

"I'm going to church with Mama."

"Is that so?" said the uncle. For a moment he looked like he was thinking about something. "Which church?"

"The one right over there."

"Oh? Over where?"

나는 대문까지 와서,

"난 아저씨가 우리 아빠라면 좋겠드라" 하고 불쑥 말
했습니다. 그랬더니 아저씨는 얼굴이 홍당무처럼 빨개
져서 나를 흔들면서,

"그런 소리 하면 못써" 하고 속삭이는데 그 목소리가
몹시도 떨렸습니다. 나는 아저씨가 성이 난 것같이만
생각되어서 아무 말도 못 하고 안으로 들어갔습니다.
어머니가,

"어데까지 갔댄?" 하고 나와 안으며 묻는데, 나는 대
답도 못 하고 그만 쿨쩍쿨쩍 울었습니다. 어머니는 놀
라서,

"옥희야, 왜 그러니? 응?" 하고 자꾸만 물었으나 나는
아무 대답도 못 하고 울었습니다.

6

이튿날은 일요일인 고로 나는 어머니와 함께 예배당
에를 가려고 차리고 나서 어머니가 옷을 갈아입는 동안
잠깐 사랑에를 나가보았습니다. 아저씨가 성났나 하고
가만히 방 안을 들여다보았더니 책상에 앉아 무엇을 쓰

Just then I heard Mother's soft voice calling me. I hurried back to our room, but on the way I turned around to look at the uncle. His face was red and angry again. I couldn't figure out why he was getting mad so easy these days.

We took our seats in the church and sang a hymn, and then there was a prayer. During the prayer I got to wondering if maybe the uncle was there too. So I sat up and looked over at the men's side of the aisle. And what do you know—there he was. But he wasn't praying with his eyes closed, like the other grown-ups. His eyes were open, just like us kids, and he was looking around every which way. I recognized the uncle right away, but I guess he didn't recognize me. Because even when I gave him a big smile he didn't smile back; instead he had a faraway look in his eyes. So I waved at him. But the uncle ducked his head real quick. Mother finally saw me waving, and pulled me back with both hands. I put my mouth to her ear.

"The uncle's here," I whispered.

When Mother heard this she gave a little jump and put her hand over my mouth. Then she sat me in front of her and pushed my head down. This time, I noticed it was Mother who was red as a to-

고 있던 아저씨가 내다보면서 빙그레 웃었습니다. 그 웃음을 보고 나는 마음을 놓았습니다. 아저씨는 지금은 성내지 않은 것이 확실하니까요. 아저씨는 내 온몸을 이리 보고 저리 보고 훑어보더니,

"옥희 오늘 어데 가나? 저렇게 곱게 채리고?" 하고 묻습니다.

"엄마하구 예배당에 가."

"예배당에?" 하고 나서 아저씨는 잠시 나를 멍하니 바라다보더니,

"어느 예배당에?" 하고 묻습니다.

"요 앞에 예배당에 가지 뭐."

"응? 요 앞이라니?"

이때 안에서,

"옥희야" 하고 부드럽게 부르는 어머니 목소리가 들리었습니다. 나는 얼른 안으로 뛰어 들어오면서 돌아다보니 아저씨는 또 얼굴이 빨갛게 성이 났지요. 참으로 무슨 일로 요새는 아저씨가 저렇게 성을 잘 내는지 알 수 없었습니다.

예배당에 가 앉아서 찬미하고 기도하다가 기도하는 중간에 갑자기 나는, '혹시 아저씨도 예배당에 오지 않

mato.

Well, church that day was a big flop. Mother was mad till the end of the service. All she did was look straight ahead at the pulpit. She didn't look down and give me a smile once in a while like she usually did. When I looked over at the men's side to see the uncle, he didn't once look back at me but just sat there mad. Mother didn't look at me either but just kept grabbing me and pulling me down—it was too much. Why was everyone cross with me? It got to the point where I felt like bawling out loud. But then I noticed our kindergarten teacher not too far away, and I managed to keep from crying, though it wasn't easy.

7

When I started going to kindergarten, Little Uncle walked me there and back. But after a few days I could do it all by myself. When I got back home Mother was always waiting for me at the side gate. (Our house has two gates—the side gate and the gate to the uncle's room, and Mother only used the side gate.) When Mother saw me, she'd run over and hug me and we'd go inside.

았나?' 하는 생각이 나서 눈을 뜨고 고개를 들어 남자석을 바라다보았습니다. 그랬더니 하, 바로 거기 아저씨가 와 앉아 있겠지요. 그런데 어른이 눈 감고 기도하지 않고 우리 아이들처럼 눈을 뜨고 여기저기 두리번두리번 바라봅디다. 나는 얼른 아저씨를 알아보았는데 아저씨는 나를 못 알아보았는지 내가 방그레 웃어 보여도 웃지 않고 멀거니 보고 있겠지요. 그래 나는 손을 들어 흔들었지요. 그러니까 아저씨는 얼른 고개를 숙이고 말더군요. 그때에 어머니가 내가 팔을 흔드는 것을 깨닫고 두 손으로 나를 붙들고 끌어당기더군요. 나는 어머니 귀에다 입을 대고,

"저기 아저씨두 왔어" 하고 속삭이니까 어머니는 흠칫하면서 내 입을 손으로 막고 막 끌어 잡아다가 앞에 앉히고 고개를 누르더군요. 보니까 어머니가 또 얼굴이 홍당무처럼 빨개졌겠지요.

그날 예배는 아주 젬병이었어요. 웬일인지 예배 끝날 때까지 어머니는 성이 나서 강대만 앞으로 바라보고 앉았지 이전 모양으로 가끔 나를 내려다보고 웃는 일이 없었어요. 그리고 아저씨를 보려고 남자석을 바라다보아도 아저씨도 한 번도 바라다보아 주지도 않고 성이

But one day, Mother wasn't there, and I didn't know why. I thought she'd probably gone to see Grandmother, but still, here I was back home with no one waiting for me. I thought it was awful of her to leave the house like that. Well, I decided I'd give Mother a hard time. Just then I heard her voice outside the gate.

"Goodness, I wonder if she's home already."

I ran inside, taking my shoes with me so she wouldn't know I was there. Then I hid in the storage loft. I could hear Mother's voice right outside in the yard.

"Ok-hŭi—Ok-hŭi, aren't you home yet?... Hmmm, I guess not."

And then it sounded like she went out again. I thought this was fun, and started giggling.

But then a little later the whole house suddenly became noisy. First I heard Mother, then Grandmother, then Little Uncle.

"Well, I was home all day, Mother, until I realized I didn't have any cookies for Ok-hŭi, and that's when I visited you. And now something's happened." That was Mother speaking.

"And at the kindergarten they said she'd left a good twenty minutes ago. Gracious, do you sup-

나서 앉아 있고, 어머니는 나를 보지도 않고 공연히 꽉
꽉 잡아당기지요. 왜 모두들 그리 성이 났는지. 나는 그
만 으아 하고 한번 울고 싶었어요. 그러나 바로 멀지 않
은 곳에 우리 유치원 선생님이 앉아 있는 고로 울고 싶
은 것을 아주 억지로 참았답니다.

7

내가 처음 얼마 동안은 유치원에 갈 때나 올 때나 외
삼촌이 바래다주었습니다. 그러나 여러 밤을 자고 난
뒤에는 나 혼자서도 넉넉히 다니게 되었어요. 그러나
언제나 내가 유치원에서 돌아오는 때면 어머니가 옆 대
문(우리 집에는 대문이 사랑 대문과 옆 대문 둘이 있어서 어머니
는 늘 이 옆 대문으로만 출입하시는 것이었습니다) 밖에 기다
리고 섰다가 내가 달음질쳐 가면, 안고 집 안으로 들어
가곤 하는 것이었습니다.

그런데 하루는 어쩐 일인지 어머니가 보이지를 않겠
지요. 어떻게도 화가 나던지요. 물론 머릿속으로는, '아
마 외할머니 댁에 가셨나 부다' 하고 생각했지마는 하여
튼 내가 돌아왔는데 문간에서 기다리지 않고 집을 떠났

pose on the way home...?" That was Grandmother.

"I'll go out and look for her. Little troublemaker must have gone somewhere." That was Little Uncle.

Then Mother started crying, and Grandmother said something I couldn't make out. I told myself it was time to stop the game, but then I thought, "I've got to get even with her for getting mad at me last Sunday at church," and I lay down. The loft was stuffy and hot, and before I knew it I had drifted off to sleep.

I have no idea how long I slept. But when I woke up I'd completely forgotten about going into the loft. What was I doing lying in such a strange place? It was kind of dark, it was cramped, it was hot... Suddenly I was scared, and I started bawling. And just as suddenly I heard Mother scream close by, and the door to the loft was yanked open. Mother rushed inside, took me in her arms, and lifted me down.

"You little devil!"

She spanked me several times, and that made me cry even louder. Mother pulled me close, and then she started crying too.

"Ok-hŭi, Ok-hŭi, it's all right now, Mama's here. Don't cry, Ok-hŭi. You're all there is, the only thing

다는 것이 몹시 나쁘게 생각이 되더군요. 그래서 속으로,

'오늘 엄마를 좀 골려야겠다' 하고 생각하고 있는데, 옆 대문 밖에서,

"아이고, 얘가 원 벌써 왔나?" 하는 어머니 목소리가 들리더군요. 그 순간 나는 신을 벗어 들고 안방으로 뛰어 들어가서 벽장을 열고 그 속에 가 들어가서 숨어버렸습니다.

"옥희야, 옥희 너 아직 안 왔니?" 하는 어머니 목소리가 바로 뜰에서 나더니,

"아직 안 왔군" 하면서 밖으로 나가는 모양이었습니다. 나는 재미가 나서 혼자 흐흥흐흥 웃었습니다.

한참을 있더니 집에서는 온통 야단이 났습니다. 어머니 목소리도 들리고 외할머니 목소리도 들리고 외삼촌 목소리도 들리고!

"글쎄, 하루 종일 집이라곤 안 떠났다가 옥희 유치원에서 오문 멕일 과자가 없기에 어머님 댁에 잠깐 갔다가 왔는데 고 동안에 이런 변이 생기다니" 하는 것은 어머니 목소리.

"글쎄 유치원에선 벌써 삼십 분 전에 떠났다던데 원

42

Mama lives for. I don't need anything else. You're my only hope. Don't cry, Ok-hŭi, don't cry, hmm?"

While she kept telling me this, she couldn't stop crying herself.

"Little brat—the devil must have gotten into her," said Grandmother. "What made her hide in the loft?"

"What a lousy day," said Little Uncle. He got up and went out.

8

On my way home from kindergarten the next day I got to thinking about how I had made Mother cry so much when I hid in the loft. I felt so ashamed. I want to make her happy today, I thought. Now what could I bring her? Then I remembered the vase on our teacher's desk. It had some beautiful red flowers, though I didn't know their name. They weren't forsythias and they weren't azaleas. I could recognize those flowers, and I knew they'd already bloomed and gone by. The ones in the vase must have come from across the ocean. I knew my mother adored flowers. How happy she would be if I brought her some of those red ones.

중간에서……" 하는 것은 외할머니 목소리.

"하여튼 내 나가서 돌아댕겨 볼웨다. 원 고것이 어델 갔담?" 하는 것은 외삼촌의 목소리.

이윽고 어머니의 울음소리가 가늘게 들렸습니다. 외할머니는 무엇이라고 중얼중얼 이야기하는 모양이었습니다. '이젠 그만하고 나갈까?' 하고도 생각했으나, '지난 주일날 예배당에서 성냈던 앙갚음을 해야지' 하고 나는 그냥 벽장 안에 누워 있었습니다. 벽장 안은 답답하고 더웠습니다. 그래서 이윽고 부지중에 슬며시 잠이 들어버렸습니다.

얼마 동안이나 잤는지요? 이윽고 잠을 깨보니 아까 내가 벽장 안에 들어왔던 것은 잊어버리고 참 이상스러운 데에 내가 누워 있거든요. 어두컴컴하고 좁고 덥고…… 나는 갑자기 무서운 생각이 나서 엉엉 울기 시작했지요. 그러자 갑자기 어디 가까운 데서 어머니의 외마디 소리가 나더니 벽장문이 벌컥 열리고 어머니가 달려들어 나를 안아 내렸습니다.

"요 망할 것아" 하면서 어머니는 내 엉덩이를 댓 번 때렸습니다. 나는 더욱더 소리를 내 울었습니다. 어머니는 그때는 나를 끌어안고 어머니도 울었습니다.

And so I went back to my classroom. Goodie! No one was there. Teacher must have gone some-where, because she wasn't around either. I snitched a couple of the flowers and ran out.

Mother was waiting near the gate, and she took me in her arms.

"Where did you get those lovely flowers?" she asked, taking the flowers and smelling them.

I didn't know what to say. I was too ashamed to tell her I'd brought them from kindergarten. What could I tell her? Somehow I thought of a little fib.

"The uncle in the guest room told me to give them to you," I blurted.

Mother was real flustered. It was like my words had startled her. And then all at once her face turned redder than the flowers. Her fingers holding the flowers began to tremble. She looked around like she was thinking of something scary.

"Ok-hŭi, you shouldn't have taken them." Her voice was shaking so much. Mother loved flowers, and so for her to get so mad over these flowers was the last thing I expected. I told myself it was a good thing I'd fibbed about the uncle and not told her I'd brought the flowers myself. I didn't know why she was mad, but as long as she was going to

45

"옥희야, 옥희야, 응 인젠 괜찮다. 엄마 여기 있지 않니, 응, 울지 마라, 옥희야. 엄마는 옥희 하나문 그뿐이다. 옥희 하나만 바라고 산다. 난 너 하나문 그뿐이야. 세상 모든 게 다 일이 없다. 옥희만 있으문 바라고 산다. 옥희야, 울지 마라. 응, 울지 마라."

이렇게 어머니는 나더러 자꾸 울지 말라면서도 어머니 저는 그치지 않고 그냥 울고 있었습니다. 외할머니는,

"원 고것이 도깨비가 들렸단 말인가, 벽장 속엔 왜 숨는담" 하고, 앉아 있는 외삼촌은,

"에, 재수 나시²⁾다" 하면서 밖으로 나갔습니다.

8

이튿날 유치원을 파하고 집으로 오게 된 때 나는 갑자기 어제 벽장 속에 숨었다가 어머니를 몹시 울게 하던 생각이 문득 나서 집으로 가기가 어째 부끄러워졌습니다. '오늘은 어머니를 좀 기쁘게 해드려야 할 텐데…… 무엇을 갖다 드리면 기뻐할까?' 하고 생각했습니다. 그러자 문득 유치원 안에 선생님 책상 위에 놓여

be mad at someone, I was glad it was the uncle and not me. A little while later Mother led me inside.

"Ok-hŭi, I don't want you to tell a soul about these flowers, hmm?"

"All right."

I thought Mother would throw the flowers away, but instead she put them in a vase and kept them on top of the organ. There they slept night after night, and finally they withered. Mother then cut off the stems and saved the flowers between the pages of her hymnbook.

That night I was back in the uncle's lap reading a picture book. Suddenly I could feel the uncle tense up. He was trying to hear something. I tried too.

It was an organ!

For sure the sound was floating out from our room. It must be Mama, I thought. I jumped up and ran to our room.

It was dark there, but it was around the time of the full moon, and silvery light filled half the room, making it light as day. There was Mother, all dressed in white and very calm, playing the organ.

I was six years old, but this was the first time I had seen Mother play the organ. She played better than our kindergarten teacher. I went up beside

있던 꽃병 생각이 났습니다. 그 꽃병에는 나는 이름도 모르는 곱고 빨간 꽃이 있었습니다. 그 꽃은 개나리도 아니고 진달래도 아니었습니다. 그런 꽃은 나도 잘 알고 또 그런 꽃은 벌써 폈다가 진 후였습니다. 무슨 서양 꽃이려니 하고 나는 생각했습니다. 나는 우리 어머니가 꽃을 사랑하는 줄을 잘 압니다. 그래서 그 꽃을 갖다 드리면 어머니가 몹시 기뻐하려니 하고 생각하였습니다.

그래서 나는 도로 유치원 방 안으로 들어갔습니다. 마침 방 안에는 아무도 없었습니다. 선생님도 잠깐 어디를 갔는지 보이지 않았습니다. 그래 나는 그 꽃을 두어 개 얼른 빼들고 달음질쳐 나왔지요.

집에 오니 어머니는 문간에서 기다리고 있다가 나를 안고 들어왔습니다.

"그래 그 꽃은 어데서 났니? 퍽 곱구나" 하고 어머니가 말씀하셨습니다. 갑자기 나는 말문이 막혔습니다. '이걸 어머니 드릴라구 내가 유치원서 가져왔지' 하고 말하기가 어째 부끄러운 생각이 들었습니다. 그래 잠깐 망설이다가,

"응, 이 꽃! 저, 사랑 아저씨가 엄마 갖다 드리라구 줘" 하고 불쑥 말했습니다. 그런 거짓말이 어디서 나왔는지

her, but she didn't budge and kept on playing. I guess she didn't know I was there. A little later Mother began singing to the music. I didn't know she had such a beautiful voice. Her voice was much lovelier than our teacher's, and she sang better too. I stood there quietly listening to Mother sing. It was a beautiful song. I felt it was coming down to me on a silver thread from Starland.

But then Mother's voice got a tiny bit shaky. The sound of the organ got shaky too. The song grew softer and softer, and finally it was gone. And then the organ stopped too. Mother stood up, still real calm, and gave me a pat on the head. The next instant, she took me in her arms and we went out on the veranda. Mother gave me a big hug, not saying anything. In the full moonlight her face was pure white. She's a real angel, I told myself.

Two streams of tears were running down Mother's white cheeks. The sight of those tears made me want to cry myself.

"Mother, why are you crying?" Now I was sniffling too.

"Ok-hŭi."

"Hmm?"

She didn't say anything for a minute. And then,

나도 모르지요.

꽃을 들고 냄새를 맡고 있던 어머니는 내 말이 끝나기가 무섭게 무엇에 놀란 사람처럼 화닥닥하였습니다. 그러고는 금시에 어머니 얼굴이 그 꽃보다도 더 빨갛게 되었습니다. 그 꽃을 든 어머니 손가락이 파르르 떠는 것을 나는 보았습니다. 어머니는 무슨 무서운 것을 생각하는 듯이 사방을 휘 한번 둘러보시더니,

"옥희야, 그런 걸 받아 오문 안 돼" 하고 말하는 목소리는 몹시 떨렸습니다. 나는 꽃을 그처럼 좋아하는 어머니가 이 꽃을 받고 그처럼 성을 낼 줄은 참으로 뜻밖이었습니다. 그렇게 성을 낸다면 그 꽃을 내가 가져왔다고 그러지 않고 아저씨가 주더라고 한 거짓말이 참 잘되었다고 나는 속으로 생각했습니다. 어머니가 성을 내는 까닭을 나는 모르지만 하여튼 성을 낼 바에는 내게 내는 것보다 아저씨에게 내는 것이 내게는 나았기 때문입니다. 한참 있더니 어머니는 나를 방 안으로 데리고 들어와서,

"옥희야, 너 이 꽃 이야기 아무보구두 하지 마라, 웅" 하고 타일러 주었습니다. 나는,

"웅" 하고 대답했습니다.

"Ok-hŭi, having you is enough."

"Yes, Mama."

But that's all she said.

9

The next evening I was playing in the uncle's room when I began to feel sleepy. As I was about to leave, the uncle took a white envelope from his drawer and gave it to me.

"Ok-hŭi, would you take this to your Mama? It's last month's room and board."

I took the envelope to Mother. But when I handed it to her, she turned pale. She looked even whiter than the night before, when we were sitting on the veranda in the moonlight. She looked anxious, like she didn't know what to do with the envelope.

"He said it's for last month's room and board."

"Oh." When Mother heard this she looked startled, as if she had just woke up. The next instant, her face wasn't white as a sheet of paper any longer; now it was red. Her trembling fingers reached inside the envelope and pulled out several paper bills. A tiny little smile formed on her lips, and she

어머니는 그 꽃을 내버릴 줄로 나는 생각했습니다마는 내버리지는 않고 꽃병에 넣어서 풍금 위에 놓아두었습니다. 아마 퍽 여러 밤 자도록 그 꽃은 거기 놓여 있어서 마지막에는 시들었습니다. 꽃이 다 시들자 어머니는 가위로 그 대는 잘라 내버리고 꽃만은 찬송가 갈피에 끼워 두었습니다.

그날 밤에 나는 또 사랑에 나가서 아저씨 무릎에 앉아 그림책을 보고 있었습니다. 갑자기 아저씨 몸이 흠칫합니다. 그러고는 귀를 기울입니다. 나도 귀를 기울였습니다.

풍금 소리!

그 풍금 소리는 분명 안방에서 흘러나오는 것이었습니다.

"엄마가 풍금 타나 부다" 하고 나는 벌떡 일어나서 안으로 뛰어왔습니다. 안방에는 불을 켜지 않았습니다. 그러나 그때는 음력으로 보름께여서 달이 낮같이 밝은데 은빛 같은 흰 달빛이 방 한 절반 가득하였습니다. 나는 흰옷을 입은 어머니가 풍금 앞에 앉아서 고요히 풍금을 타는 것을 보았습니다.

나는 나이 지금 여섯 살밖에 안 되었지마는 하여튼

breathed a sigh. But then something else must have surprised her, because she tensed up, and the next minute her face was white again and her lips were trembling. I looked at what Mother was holding, and beside the paper money there was a piece of white paper folded into a square.

Mother looked like she didn't know what to do. But then she seemed to make up her mind. She bit her lip, unfolded the paper real carefully, and read it. Of course, I didn't know what was written there, but I could see Mother's face turn red right away and then back to pale again. Her hands weren't just trembling, they were positively shaking, enough to make the paper rustle.

A good while later Mother folded the paper back into a square and put it in the envelope along with the money. She dropped the envelope into her sewing basket. And then she sat down and just stared at the light bulb like someone who had lost her senses. I could see her chest heaving. I thought maybe she was sick or something, so I ran over and snuggled into her lap.

"Mama, can we go to sleep?"

Mama kissed me on the cheek. But her lips were so hot. They felt just like a stone that's been warmed

어머니가 풍금을 타시는 것을 보는 것은 오늘이 처음이었습니다. 어머니는 우리 유치원 선생님보다도 풍금을 더 잘 타시는 것이었습니다. 나는 어머니 곁으로 갔습니다마는 어머니는 내가 온 것도 깨닫지 못하는지 그냥 까딱 아니하고 앉아서 풍금을 탔습니다. 조금 있더니 어머니는 풍금에 맞추어 노래를 부르기 시작하였습니다. 어머니의 목소리가 그렇게도 아름다운 것도 나는 이때까지 모르고 있었습니다. 어머니는 참으로 우리 유치원 선생님보다도 목소리가 훨씬 더 곱고 노래도 훨씬 더 잘 부르시는 것이었습니다. 나는 가만히 서서 어머님 노래를 들었습니다. 그 노래는 마치 은실을 타고 저 별나라에서 내려오는 노래처럼 아름다웠습니다.

그러나 얼마 가지 않아 목소리는 약간 떨렸습니다. 가늘게 떨리는 노랫소리, 그에 따라 풍금의 가는 소리도 바르르 떠는 듯했습니다. 노랫소리는 차차 가늘어지더니 마지막에는 사르르 없어져 버렸습니다. 풍금 소리도 사르르 없어졌습니다. 어머니는 고요히 풍금에서 일어나시더니 옆에 섰는 내 머리를 쓰다듬었습니다. 그 다음 순간 어머니는 나를 안고 마루로 나오셨습니다. 어머니는 아무 말씀도 없이 나를 꼭꼭 껴안는 것이었습니

up in a fire.

We went to sleep, and after a while I half woke up and reached out for Mother. I was in the habit of doing this from time to time. I'd reach out half asleep and feel her soft skin. Then I'd go back to sleep. But this time she wasn't there.

Mama wasn't there! Suddenly I was afraid. I opened my eyes wide and looked all around. The light was off, but the moon shone full in the yard, and enough of its light came into the room so I could see things just a little. At the far end of the room was the small chest with Father's clothes. Sometimes Mother took them out and felt them. Now the chest was open, and the white clothing was piled on the floor. Next to it was Mother in her night clothes, half sitting and half leaning against the chest. Her head was up but her eyes were closed. I could see her lips move. She looked like she was praying. I sat up and crawled over and wormed myself into her lap.

"Mama, what are you doing?"

She stopped whispering, opened her eyes, and looked at me for the longest time.

"Ok-hŭi."

"Hmm?"

다. 달빛을 함빡 받는 내 어머니 얼굴은 몹시도 새하얗 다고 생각되었습니다. 우리 어머니는 참으로 천사 같다 고 나는 생각하였습니다.

우리 어머니의 새하얀 두 뺨 위로는 쉴 새 없이 두 줄 기 눈물이 줄줄 흘러내리고 있는 것을 나는 보았습니 다. 그것을 보니 나도 갑자기 울고 싶어졌습니다.

"어머니, 왜 울어?" 하고 나도 벌써 쿨쩍거리면서 물 었습니다.

"옥희야."

"응?"

한참 동안 어머니는 아무 말씀도 없었습니다.

"옥희야, 나는 너 하나면 그뿐이다."

"엄마."

어머니는 대답이 없으셨습니다.

9

하루는 밤에 아저씨 방에서 놀다가 졸려서 안방으로 들어오려고 일어서니까 아저씨가 하얀 봉투를 서랍에 서 꺼내어 내게 주었습니다.

"Let's go back to bed."

"All right. But you too, Mama."

"Yes. Mama too."

Somehow her voice gave me a chill.

One at a time Mother picked up Father's clothes, gently smoothed them with the palm of her hand, and returned them to the chest. When the last one was in, she shut the chest and locked it. Then she gathered me up and back we went to bed.

"Mama, aren't we going to pray first?"

Mother didn't let a night go by without praying when she put me to bed. The only prayer I knew was the Lord's Prayer. I had no idea what the words meant, but from following along with Mother, I knew it by heart. But then I remembered that for some reason Mother had forgotten to pray the night before. I felt like reminding her then, but she looked so sad that I kept quiet and ended up falling asleep without saying anything.

"All right, let's say our prayer," Mother said in her calm voice.

All of a sudden I wanted to hear the gentle voice Mother used when she prayed.

"Mother, you pray."

"'Our Father who art in heaven,'" she began, "'hal-

"옥희, 이것 갖다 엄마 드리고 지나간 달 밥값이라구, 응."

나는 그 봉투를 갖다 어머니에게 드렸습니다. 어머니는 그 봉투를 받아 들자 갑자기 얼굴이 파랗게 질리었습니다. 그전 날 달밤에 마루에 앉았을 때보다도 더 새하얗다고 생각되었습니다. 어머니는 그 봉투를 들고 어쩔 줄을 모르는 듯이 초조한 빛이 나타났습니다. 나는,

"그거 지나간 달 밥값이래" 하고 말을 하니까 어머니는 갑자기 잠자다 깨는 사람처럼 "응?" 하고 놀라더니 또 금시에 백지장같이 새하얗던 얼굴이 빨갛게 물들었습니다. 봉투 속에 들어갔던 어머니의 파들파들 떨리는 손가락이 지전을 몇 장 끌고 나왔습니다. 어머니는 입술에 약간 웃음을 띠면서 후 하고 한숨을 지었습니다. 그러나 그것도 잠깐, 다시 어머니는 무엇에 놀랐는지 흠칫하더니 금시에 얼굴이 다시 창백해지고 입술이 바르르 떨렸습니다. 어머니의 손을 보니 거기에는 지전 몇 장 외에 네모로 접은 하얀 종이가 한 장 잡혀 있는 것이었습니다.

어머니는 한참 망설이는 모양이었습니다. 그러더니 무슨 결심을 한 듯이 입술을 악물고 그 종이를 차근차

lowed be thy name. Thy kingdom come, thy will be done, on earth as it is in heaven. Give us this day our daily bread; and forgive us our trespasses, as we forgive those who trespass against us; and lead us not into temptation...and lead us not into temptation...lead us not into temptation...lead us not ...lead us not..."

I couldn't believe it—Mother had lost her place! It was so funny. Even I can say the prayer without losing my place.

"...lead us not...lead us not..."

Mother kept saying those words over and over, and when I couldn't wait any longer I said, "Mama, I'll do the rest: 'But deliver us from evil. For thine is the kingdom and the power and the glory forever and ever.'"

After a long while Mother finally whispered, "Amen."

10

It was all I could do to figure out Mother. Sometimes she was quite cheerful. In the evening she might play the organ or sing a hymn. I liked that so much that I just sat quietly next to her and listened.

근 펴들고 그 안에 쓰인 글을 읽었습니다. 나는 그 안에 무슨 글이 씌어 있는지 알 도리가 없으나 어머니는 금시에 얼굴이 파랬다 빨갰다 하고 그 종이를 든 손은 이제는 바들바들이 아니라 와들와들 떨리어서 그 종이가 부석부석 소리를 내게 되었습니다.

한참 만에 어머니는 그 종이를 아까 모양으로 네모지게 접어서 돈과 함께 봉투에 도로 넣어 반짇그릇³⁾에 던졌습니다. 그러고는 정신 나간 사람처럼 멀거니 앉아서 전등만 치어다보는데 어머니 가슴이 불룩불룩합디다. 나는 어머니가 혹시 병이나 나지 않았나 해서 얼른 가 무릎에 안기면서,

"엄마, 잘까?" 하고 말했습니다.

엄마는 내 뺨에 입을 맞추어 주었습니다. 그런데 엄마의 입술이 어쩌면 그리도 뜨거운지요. 마치 불에 달군 돌이 볼에 와 닿는 것 같았습니다.

한잠을 자고 나서 잠이 채 깨지는 않았으나 어렴풋한 정신으로 옆을 쓸어보니 어머니가 없습니다. 가끔가다가 나는 그런 버릇이 있어요. 어렴풋한 정신으로 옆을 쓸면 어머니의 보드라운 살이 만져지지요. 그러면 다시 나는 잠이 들어버리곤 하는 것이었습니다.

But once in a while, what started out as her singing would end up as tears. When that happened, I would be in tears too. Then Mother would give me more kisses than I could count, and say, "Ok-hŭi, you're the only one I need, yes you are." And she kept crying, on and on.

One Sunday Mother got a headache and decided not to go to church. (It was the day after kindergarten closed down for the summer.) The uncle in the guest room was out somewhere, and Little Uncle was out somewhere, so it was just Mother and me at home. Mother was lying down because of her headache. Out of the blue I heard her call my name.

"Ok-hŭi, do you miss having a papa?"

"Yes, Mama, I want to have a papa too." I put on my baby act and whined a bit.

Mother didn't say anything for a while. She just stared at the ceiling.

"Ok-hŭi. You know your father passed away before you were born. So it's not that you don't have a papa; it's just that he passed on early. If you had a new father now, everyone would call you names. You don't know any better, but the whole world would call you names, everyone in the world. 'Ok-hŭi's mother is a loose woman'—that's what they

어머니가 자리에 없다는 것을 알게 되자 나는 갑자기 무서워졌습니다. 그래서 눈을 번쩍 뜨고 고개를 들어 둘러보았습니다. 방 안에는 불은 안 켰지만 어슴푸레하게 밝습니다. 뜰로 하나 가득한 달빛이 방 안에까지 희미한 밝음을 비추어주는 것이었습니다. 윗목을 보니 우리 아버지의 옷을 넣어두고 가끔 어머니가 꺼내서 쓸어보시는 그 장롱이 열려 있고, 그 아래 방바닥에는 흰옷이 한 무더기 널려 있습니다. 그리고 그 옆에는 장롱을 반쯤 기대고 자리옷만 입은 어머니가 주춤하고 앉아서 고개를 위로 쳐들고 눈은 감고 무엇이라고 입술로 소곤소곤 외고 있는 것이 보였습니다. 아마 기도를 하나 보다 하고 나는 생각했습니다. 나는 자리에서 일어나 기어가서 어머니 무릎을 뻐개고 기어들어갔습니다.

　"엄마, 무얼 하우?"

　어머니는 소곤거리기를 그치고 눈을 떠서 나를 한참이나 물끄러미 들여다보십니다.

　"옥희야."

　"응."

　"가서 자자."

　"엄마두 같이 자."

would say. 'Ok-hŭi's father died, but now she has another father; what will they do next!'—that's what everyone would say. Everyone would point their finger at you. And when you grew up, we wouldn't be able to find you a good husband. Even if you studied hard and became successful, other people would say you're just the daughter of a loose woman."

She said this in fits and starts, like she was talking to herself. After a few minutes she talked to me some more.

"Ok-hŭi?"

"Hmm?"

"Ok-hûi, I don't want you to ever leave my side. Forever and always I want you to live with Mama. I want you to live with Mama even when she's old and shriveled up. After kindergarten, after grade school, after preparatory school, after college, even if you're the finest woman in all the land, I want you to live with Mama. Hmm? Ok-hûi, tell me how much you love Mama."

"This much." I opened my arms wide.

"How much? That much! Ok-hŭi, I want you to love me always and forever. I want you to study hard and be a fine woman..."

"응, 그래 엄마두 같이 자."

그 목소리가 어째 싸늘하다고 내게 생각되었습니다. 어머니는 돌아가신 아버지의 옷들을 한 가지씩 들고 가만히 손바닥으로 쓸어보고는 장롱 안에 넣었습니다. 하나씩 하나씩 쓸어보고는 장롱에 넣고 하여 그 옷을 다 넣은 때 장롱 문을 닫고 쇠를 채우고 그러고 나서 나를 안고 자리로 왔습니다.

"엄마, 우리 기도하고 자?" 하고 나는 물었습니다. 어머니는 나를 밤마다 재울 때마다 반드시 기도를 하는 것이었습니다. 내가 할 줄 아는 기도는 주기도문뿐이었습니다. 그 뜻은 하나도 모르지만 어머니를 따라서 자꾸 외어서 나도 지금 주기도문을 잘 욉니다. 그런데 웬일인지 어젯밤 잘 때에는 어머니가 기도할 것을 잊어버렸던 것이 지금 생각났기 때문에 나는 그렇게 물었던 것입니다. 어젯밤 자리에 들 때 내가,

"기도할까?" 하고 말하고 싶었으나 어머니가 너무도 슬픈 빛을 띠고 있는 고로 그만 나도 가만히 아무 소리 없이 잠이 들고 말았던 것입니다.

"응, 기도하자" 하고 어머니가 고요히 말했습니다.

"엄마가 기도해" 하고 나는 갑자기 어머니의 기도하

I got scared when I heard Mother's voice trembling, because I thought she was going to cry again. So I opened my arms as wide as I could and said, "This much, Mama, this much."

Mother didn't cry.

"Ok-hŭi, you're everything to Mama. I don't need anything else. I'm happy just with Ok-hŭi. Yes I am."

She pulled me close and held me tight. She kept hugging me until she had squeezed all my breath out.

After dinner that day, Mother called me, sat me down, and combed my hair. She made a new braid for me and then dressed me in new bloomers, jacket, and skirt.

I asked where we were going.

Mother smiled. "We aren't going anywhere." Then she took down a freshly ironed white handkerchief from beside the organ and put it in my hand.

"This handkerchief belongs to the uncle in the guest room. Could you take it to him? Now don't stay long—just give it to him and come right back, hmm?"

I thought I could feel something tucked in between the folds of the handkerchief, but I didn't open it to see.

는 보드라운 음성이 듣고 싶어서 말했습니다.

"하늘에 계신 우리 아버지시여."

어머니는 고요히 기도를 시작하였습니다.

"이름을 거룩하게 하옵시며 나라에 임하옵시며 뜻이 하늘에서 이루어진 것처럼 땅에서도 이루어지이다. 오늘날 우리에게 일용할 양식을 주옵시고 우리가 우리에게 죄지은 자를 용서하여준 것처럼 우리 죄를 사하여 주옵시고, 우리를 시험에 들지 말게 하옵시고…… 우리를 시험에 들지 말게 하옵시고…… 시험에 들지 말게…… 시험에 들지 말게……."

이렇게 어머니는 자꾸 되풀이하였습니다. 나도 지금은 막히지 않고 하는 주기도문을 어머니가 막히다니 참으로 우스운 일이었습니다.

"시험에 들지 말게, 시험에 들지 말게……" 하고 자꾸만 되풀이하는 것을 나는 참다못해서,

"엄마, 내 마저 하께" 하고,

"다만 악에서 구하옵소서. 대개 나라와 권세와 영광이 아버지께 영원토록 있사옵나이다" 하고 내가 끝을 마쳤습니다. 어머니는 한참이나 있다가 겨우,

"아멘" 하고 속삭이었습니다.

I stopped at the uncle's door. He was lying down, but he sat right up when he saw the handkerchief. For some reason he didn't give me a smile, like before. Instead his face turned awful white. He started chewing on his lip as he took the handkerchief. He didn't say a word.

Somehow something wasn't right. So instead of going in the uncle's room I turned around and went back. Mother was at the organ. She must have been doing some hard thinking, because she was just sitting there. I sat down beside the organ and didn't say anything. And then Mother started playing, soft as could be. I didn't know the tune, but it was kind of sad and lonely.

Mother played the organ till late that night. Over and over again she played that sad and lonely tune.

11

Several days went by, and then one afternoon I finally paid another visit to the uncle. He was busy packing his things. Ever since the day I gave him the handkerchief, the uncle always looked sad, like someone with worries on his mind, even when he saw me. He wouldn't say anything, but just stared at

10

요새 와서 어머니의 하는 일이란 참으로 알 수가 없는 노릇입니다. 어떤 때는 어머니도 퍽 유쾌하셨습니다. 밤에 때로는 풍금도 타고 또 때로는 찬송가도 부르고 그러실 때에는 나는 너무도 좋아서 가만히 어머니 옆에 앉아서 듣습니다. 그러나 가끔가끔 그 독창은 소리 없는 울음으로 끝을 맺는 때가 있는데, 그런 때면 나도 따라서 울었습니다. 그러면 어머니는 나를 안고 무수히 입을 맞추면서,

"엄마는 옥희 하나면 그뿐이야, 응, 그렇지" 하시면서 언제까지나 언제까지나 우시는 것이었습니다.

어떤 일요일 날, 그렇지요, 그것은 유치원 방학하고 난 그 이튿날이었어요. 그날 어머니는 갑자기 머리가 아프시다고 예배당에를 그만두었습니다. 사랑에서는 아저씨도 어디 나가고 외삼촌도 나가고 집에는 어머니와 나와 단둘이 있었는데, 머리가 아프다고 누워 계시던 어머니가 갑자기 나를 부르시더니,

"옥희야, 너 아빠가 보고 싶으냐?" 하고 물으십디다.

"응, 우리두 아빠가 있으면 좋겠어" 하고 혀를 까불고

me. And so I didn't go to his room to play very often.

I was surprised to see him packing all of a sudden.

"Uncle, are you going somewhere?"

"Uh-huh—far, far away."

"When?"

"Today."

"On the train?"

"Uh-huh."

"When are you coming back?"

Instead of answering, the uncle took a cute doll from his drawer and handed it to me.

"You keep this, hmm? Ok-hŭi, you're going to forget Uncle soon after he leaves, aren't you?"

"Uh-uh." Suddenly I felt very sad.

I went back to our room with the doll.

"Mama, look! The uncle gave it to me. He says he's going far away on the train today."

Mother didn't say anything.

"Mama, why is the uncle going away?"

"Because his school is on vacation."

"Where is he going?"

"He's going to his home—where else?"

"Is the uncle going to come back?"

어리광을 좀 부려가면서 대답을 했습니다. 한참 동안을 어머니는 아무 말씀도 아니 하시고 천장만 바라다보시더니,

"옥희야, 옥희 아버지는 옥희가 세상에 나오기도 전에 돌아가셨단다. 옥희두 아빠가 없는 건 아니지. 그저 일찍 돌아가셨지. 옥희가 이제 아버지를 새로 또 가지면 세상이 욕을 한단다. 옥희는 아직 철이 없어서 모르지만 세상이 욕을 한단다. 세상이 욕을 해. 옥희 어머니는 화냥년이다. 이러구 세상이 욕을 해. 옥희 아버지는 죽었는데 옥희는 아버지가 또 하나 생겼대, 참 망측두 하지, 이러구 세상이 욕을 한단다. 그리되면 옥희는 언제나 손가락질 받구. 옥희는 커두 시집두 훌륭한 데 못 가구. 옥희가 공부를 해서 훌륭하게 돼두 에 그까짓 화냥년의 딸, 하구 남들이 욕을 한다."

이렇게 어머니는 혼잣말하시듯 뜨문뜨문 말씀하십니다. 그러고는 한참 있더니,

"옥희야" 하고 또 물으십니다.

"응?"

"옥희는 언제나 언제나 내 곁을 안 떠나지. 옥희는 언제나 언제나 엄마하구 같이 살지. 옥희 엄마는 늙어서

Mother didn't answer.

"I don't want the uncle to leave," I pouted.

But Mother changed the subject: "Ok-hŭi, go to the closet and see how many eggs there are."

I trotted inside the closet. There were six eggs left.

"Six," I called out.

"Bring all of them here."

Mother proceeded to boil the eggs. Next she wrapped them in a handkerchief. Then she put a pinch of salt in a piece of writing paper and tucked it inside the handkerchief.

"Ok-hŭi, take these to the uncle and tell him to have them on the train, hmm?"

12

That afternoon, after the uncle left, I played with the doll he gave me. I carried it around on my back singing it a lullaby. Mother came in from the kitch-en.

"Ok-hŭi, how would you like to go up the hill and get some fresh air?"

"Goodie, let's go!" I practically jumped for joy.

Mother told Little Uncle to mind the house while

꼬부랑 할미가 되어두 그래두 옥희는 엄마하구 같이 살지. 옥희가 유치원 졸업하구 또 소학교 졸업하구 또 중학교 졸업하구, 또 대학교 졸업하구, 옥희가 조선서 제일 훌륭한 사람이 돼두 그래두 옥희는 엄마하구 같이 살지. 옹! 옥희는 엄마를 얼만큼 사랑하나?"

"이만큼" 하고 나는 두 팔을 짝 벌리어 보였습니다.

"옹 얼만큼? 옹 그만큼! 언제나 언제나 옥희는 엄마를 사랑하지. 그리구 공부두 잘하구, 그리구 훌륭한 사람이 되구……."

나는 어머니의 목소리가 떨리는 것으로 보아 어머니가 또 울까 봐 겁이 나서,

"엄마, 이만큼, 이만큼" 하면서 두 팔을 짝짝 벌리었습니다.

어머니는 울지 않으셨습니다.

"옹, 옥희 엄마는 옥희 하나면 그뿐이야. 세상 다른 건 다 소용없어, 우리 옥희 하나면 그만이야. 그렇지, 옥희야."

"옹!"

어머니는 나를 당기어서 꼭 껴안고 내가 숨이 막혀 들어올 때까지 자꾸만 껴안아 주었습니다.

we went out for a while. Then she took my hand.

"Mama, can I take the uncle's doll?"

"Why not?"

I held the doll close, took Mother's hand, and we climbed up the hill behind our house. From the top we could see the train station clear as could be.

"Mama, look, there's the train station. The train isn't here yet."

Mother didn't say anything. The hem of her ramie skirt fluttered in the soft breeze. Standing quietly on top of the hill, Mother looked even prettier than she did other times.

And then I saw the train coming around a faraway hill.

"Mama, here comes the train!" I shouted in delight.

The train stopped at the station, and practically the next minute it gave a whistle and started moving again.

"There it goes!" I clapped my hands.

Mother watched till the train had disappeared around a hill in the other direction. And then she watched till all the smoke from the smokestack had scattered into the sky above.

We went down the hill, and when we were in our

그날 밤 저녁을 먹고 나니까 어머니는 나를 불러 앉히고 머리를 새로 빗겨 주었습니다. 댕기도 새 댕기를 드려주고, 바지, 저고리, 치마 모두 새것을 꺼내 입혀 주었습니다.

"엄마, 어디 가?" 하고 물으니까,

"아니" 하고 웃음을 띠면서 대답합니다. 그러더니 풍금 옆에서 새로 다린 하얀 손수건을 내리어 내 손에 쥐어 주면서,

"이 손수건, 저 사랑 아저씨 손수건인데, 이것 아저씨 갖다 드리고 와, 응. 오래 있지 말고 손수건만 갖다 드리고 이내 와, 응" 하고 말씀하십니다.

손수건을 들고 사랑으로 나가면서 나는 그 손수건 접이 속에 무슨 발각발각하는 종이가 들어 있는 것처럼 생각되었습니다마는 그것을 펴보지 않고 그냥 갖다가 아저씨에게 주었습니다.

아저씨는 방에 누워 있다가 벌떡 일어나서 손수건을 받는데, 웬일인지 아저씨는 이전처럼 다 보고 빙그레 웃지도 않고 얼굴이 몹시 새파래졌습니다. 그러고는 입술을 질근질근 깨물면서 말 한마디 아니하고 그 수건을 받더군요.

room again Mother put the lid back on the organ. It had been left open all these days. Then she locked it and put the sewing basket on top, the way it was before. She picked up the hymnbook like it was something heavy and flipped through the pages until she found the dried-up flowers.

"Ok-hŭi, take these and throw them away." She handed me the flowers, and I remembered they were the ones I had brought her from kindergarten.

Just then the side gate creaked open.

"Get your eggs!"

It was the old woman who came every day carrying her basket of eggs on her head.

"We won't be buying from now on," said Mother. "There's nobody here who eats them." Her voice didn't have an ounce of life to it.

This took me by surprise. I wanted to pester Mother to buy some eggs, but when I saw her face lit up by the setting sun I lost heart. Instead I put my mouth to the ear of the uncle's doll and whispered to her.

"Did you hear that! Mommy's a pretty good fibber too. She knows I like eggs, but she said there's nobody here who eats them. I'd sure like to pester

나는 어째 이상한 기분이 돌아서 아저씨 방에 들어가 앉지도 못하고 그냥 되돌아서서 안방으로 들어왔지요. 어머니는 풍금 앞에 앉아서 무엇을 그리 생각하는지 가만히 있더군요. 나는 풍금 옆에 와서 가만히 앉았지요. 이윽고 어머니는 조용조용히 풍금을 타십디다. 무슨 곡조인지는 몰라도 어째 구슬프고 고즈넉한 곡조야요.

밤이 늦도록 어머니는 풍금을 타셨습니다. 그 구슬프고 고즈넉한 곡조를 계속하고 또 계속하면서.

11

여러 밤을 자고 난 어떤 날 오후에 나는 아저씨 방에를 오래간만에 가보았더니 아저씨가 짐을 싸느라고 분주하겠지요. 내가 아저씨에게 손수건을 갖다 드린 다음부터는 웬일인지 아저씨가 나를 보아도 언제나 퍽 슬픈 사람, 무슨 근심이 있는 사람처럼 아무 말도 없이 나를 물끄러미 바라다만 보고 있는 고로 나도 그리 자주 놀러 나오지 않았던 것입니다. 그랬었는데 이렇게 갑자기 짐을 꾸리는 것을 보고 나는 놀랐습니다.

"아저씨, 어데 가시우?"

her. But look at Mama's face. Look how white it is! I
don't think Mama feels very good."

* From *A Ready-Made Life,* ed. and trans. Kim Chong-un
  and Bruce Fulton (Honolulu: University of Hawai'i Press, 1998),
  89-106. Translation copyright © 1998 by Kim Chong-un
  and Bruce Fulton. Used by permission from University of
  Hawai'i Press. All Rights Reserved. Not for reproduction.

Translated by Kim Chong-un and Bruce Fulton

"응, 멀리루 간다."

"언제?"

"이제."

"기차 타구?"

"응, 기차 타구."

"갔다 언제 또 오시우?"

아저씨는 아무 대답도 없이 서랍에서 예쁜 인형을 하나 꺼내서 내게 주었습니다.

"옥희, 이것 가져, 응. 옥희는 아저씨 가구 나문 아저씨 잊어버리구 말겠지?"

나는 갑자기 슬퍼졌습니다.

"아니" 하고 나는 대답했습니다. 나는 인형을 안고 안으로 들어왔습니다.

"엄마, 이것 봐. 아저씨가 이것 나 줬어. 아저씨가 오늘 기차 타고 먼 데루 간대."

어머니는 대답이 없으십니다.

"엄마, 아저씨 왜 가우?"

"학교 방학했으니까 가지."

"어데루 가우?"

"아저씨 집으루 가지, 어데루 가."

"아저씨 인제 갔다가 또 오우?"

어머니는 대답이 없으셨습니다.

"난 아저씨 가는 거 나쁘다" 하고 입을 쫑깃했으나, 어머니는 그 말은 대답 않고,

"옥희야, 장에 가서 달걀 몇 알 남았나 보아라" 하고 말씀하셨습니다.

나는 깡충깡충 방 안으로 들어섰습니다. 달걀은 여섯 알 있었습니다.

"여스 알" 하고 나는 소리쳤습니다.

"옹, 다 가지구 이리 나오너라."

어머니는 그 달걀 여섯 알을 다 삶았습니다. 그 삶은 달걀 여섯 알을 손수건에 싸놓고 또 반지에 소금을 조금 싸서 한 귀퉁이에 넣었습니다.

"옥희야, 너 이것 갖다 아저씨 드리구, 가시다가 찻간에서 잡수시랜다구, 옹."

12

그날 오후에 아저씨가 떠나간 다음 나는 방에서 아저씨가 준 인형을 업고 자장자장 잠을 재우고 있었습니

다. 어머니가 부엌에서 들어오시더니,

"옥희야, 우리 뒷동산에 바람이나 쐬러 올라갈까?" 하
십니다.

"응, 가, 가" 하면서 나는 좋아 덤비었습니다.

잠깐 다녀올 터이니 집을 보고 있으라고 외삼촌에게
이르고 어머니는 내 손목을 잡고 나섰습니다.

"엄마, 나 저, 아저씨가 준 인형 가지고 가?"

"그러렴."

나는 인형을 안고 어머니 손목을 잡고 뒷동산으로 올
라갔습니다. 뒷동산에 올라가면 정거장이 빤히 내려다
보입니다.

"엄마, 저 정거장 보아. 기차는 없군."

어머니는 아무 말씀도 없이 가만히 서 계십니다. 사르
르 바람이 와서 어머니 모시 치맛자락을 산들산들 흔들
어 주었습니다. 그렇게 산 위에 가만히 서 있는 어머니
는 다른 때보다도 더한층 예뻐 보였습니다.

저편 산모퉁이에서 기차가 나타났습니다.

"아, 저기 기차 온다" 하고 나는 좋아서 소리쳤습니다.

기차는 정거장에 잠시 머물더니 금시에 삑 하고 소리
를 지르면서 움직입니다.

"기차 떠난다" 하고 나는 손뼉을 쳤습니다. 기차가 저편 산모퉁이 뒤로 사라질 때까지, 그리고 그 굴뚝에서 나온 연기가 하늘 위로 모두 흩어져 없어질 때까지, 어머니는 서서 그것을 바라보았습니다.

뒷동산에서 내려와서 어머니는 방으로 들어가시더니 이때까지 뚜껑을 늘 열어두었던 풍금 뚜껑을 닫으십니다. 그러고는 거기 쇠를 채우고 그 위에다가 이전 모양으로 반짇그릇을 얹어 놓으십니다. 그러고는 그 옆에 있는 찬송가를 맥없이 들고 뒤적뒤적하시더니 빼빼 마른 꽃송이를 그 갈피에서 집어내시더니,

"옥희야, 이것 내다 버려라" 하고 그 마른 꽃을 내게 주었습니다. 그 꽃은 내가 유치원에서 갖다가 어머니께 드렸던 그 꽃입니다. 그러자 옆 대문이 삐걱하더니,

"달걀 사려우" 하고 매일 오는 달걀장수 노친네가 달걀 버주기[4]를 이고 들어왔습니다.

"인젠 우리 달걀 안 사요. 달걀 먹는 이가 없어요" 하시는 어머니의 목소리는 맥이 한 푼 어치도 없더군요.

나는 어머니의 이 말씀에 놀라서 떼를 좀 써보려 했으나 석양에 뻔히 비치는 어머니 얼굴을 볼 때 그 용기가 없어지고 말았습니다. 그래서 아저씨가 주신 인형

귀에다가 내 입을 갖다 대고 가만히 속삭였습니다.

"얘, 우리 엄마두 거짓부리 썩 잘하누나. 내가 달걀 좋아하는 줄 잘 알면서두 생 먹을 사람이 없대누나. 내가 사내라구 떼를 좀 쓰구 싶지만 저 우리 엄마 얼굴 좀 봐라. 어쩌문 저리두 새파래졌을까! 아마 어디가 아픈가 보다"라고요.

1) 창가(唱歌). 갑오개혁 이후에 발생한 근대 음악 형식의 하나. 서양 악곡의 형식을 빌려 지은 간단한 노래이다.
2) 나시(なし, 無し). '없음'을 뜻하는 일본말.
3) 반짇그릇. '반짇고리'의 북한어.
4) 버주기. '버치(자배기보다 조금 깊고 아가리가 벌어진 큰 그릇)'의 북한어.

* 작가 고유의 문체나 당시 쓰이던 용어를 그대로 살려 원문에 최대한 가깝게 표기하고자 하였다. 단, 현재 쓰이지 않는 말이나 띄어쓰기는 현행 맞춤법에 맞게 표기하였다.

「사랑손님과 어머니」, 수선사, 1948

해설

Afterword

여섯 살 옥희가 바라본 어머니의 사랑

이경재 (문학평론가)

「사랑손님과 어머니」(《조광》, 1935년 11월)는 한국인들에게 가장 널리 알려진 단편소설 중의 하나이다. 이것은 작품이 지닌 고유한 예술적 흡입력에도 기인하지만, 이 작품이 여러 번에 걸쳐 영상화되면서 대중에게 강한 인상을 준 사실과도 무관하지 않다. 많은 사람들이 이 작품의 제목을 「사랑방 손님과 어머니」로 알고 있는데, 이것은 1961년 신상옥 감독이 만들어서 제9회 아시아 영화제 최우수 작품상까지 수상한 영화의 제목이 「사랑방 손님과 어머니」였던 것에서 기인하는 것으로 보인다. 이외에도 이 작품은 여러 번 TV드라마로 만들어져 대중에게 소개된 이력이 있다.

A Mother's Love Affair as Seen by the
Five-Year-Old Ok-hŭi

Lee Kyung-jae (literary critic)

"Mama and the Boarder," originally published in the November 1935 issue of *Chogwang*, is one of the best-known short stories in Korea. This is of course due to its artistic merit. But it is also related to the fact that it has been made into film and TV dramas many times, leaving a lasting impression on viewers. In fact, many people mistakenly think its title is "The Boarder and Mother," because the film, directed by Shin Sang-ok and winner of the Best Film Award at the 9th Asian Film Festival, bore that title.

The main characters are a young child, Ok-hŭi, who is the narrator of this story, her 23-year-old

「사랑손님과 어머니」에 등장하는 주요 인물은 이 작품의 화자인 옥희와 과부가 되어 혼자 아이를 키우는 스물 네 살의 엄마, 큰외삼촌의 소개로 사랑방에서 하숙을 하는 아저씨이다. 어머니는 일부종사의 규범이 남아 있는 과거의 전통적인 여성으로서, 한국인에게 많은 공감을 불러일으키는 인물이다. 옥희 어머니는 스물 네 살의 과부이다. 열여덟에 시집을 와서, 일 년 만에 남편을 잃고 지금까지 혼자 옥희를 끼워온 것을 알 수 있다. 친정에서는 이러한 어머니를 다시 시집보내기 위해 옥희와 어머니가 사는 집에 아저씨를 하숙하게 만든다. 어머니도 처음에는 어느 정도는 아저씨와의 재혼을 원했던 것으로 보인다. 그러나 결국 그러한 계획은 실패로 돌아가게 된다. 그것은 무엇보다 여성의 재혼을 탐탁하게 여기지 않는 시대적 환경이 작용한 결과이다. 방세를 담은 봉투에 들어 있는 아저씨의 편지를 읽은 후에 어머니가 옥희에게 하는 다음과 같은 말은, 어머니의 재혼을 막은 것이 바로 '사람들의 시선'임을 선명하게 보여주고 있다.

"옥희야, 옥희 아버지는 옥희가 세상에 나오기도 전에

widowed mother, and a man who boards in Ok-hŭi's deceased father's room. The mother married when she was seventeen, lost her husband a year later, and has been raising her daughter alone without remarrying. As this fact proves, she keeps to the traditional value of serving only one husband, and thus is viewed sympathetically by most Koreans. Her own family, however, introduces the boarder in the hope that she will remarry. The boarder was introduced to her through Ok-hŭi's maternal uncle. The mother also appears to consider remarrying in the beginning; however, in the end, it does not happen due to a social environment that did not willingly approve of a widow's remarrying. The following remark by Ok-hŭi's mother to her daughter clearly shows that she decides not to remarry because of other people's views:

Ok-hŭi, You know your father passed away before you were born. So it's not that you don't have a papa; it's just that he passed on early. If you had a new father now, everyone would call you names. You don't know any better, but the whole world would call you names, everyone in the world. 'Ok-hŭi's mother is a loose woman'—that's what they

돌아가셨단다. 옥희두 아빠가 없는 건 아니지. 그저 일찍 돌아가셨지. 옥희가 이제 아버지를 새로 또 가지면 세상이 욕을 한단다. 옥희는 아직 철이 없어서 모르지만 세상이 욕을 한단다. 사람들이 욕을 해. 옥희 어머니는 화냥년이다 이러구 세상이 욕을 해. 옥희 아버지는 죽었는데 옥희는 아버지가 또 하나 생겼대, 참 망측두 하지. 이러구 세상이 욕을 한단다. 그리되면 옥희는 언제나 손가락질 받구. 옥희는 커두 시집두 훌륭한 데 못 가구. 옥희가 공부를 해서 훌륭하게 돼두 에 그까짓 화냥년의 딸, 하구 남들이 욕을 한다."

어머니는 옥희가 이제 아버지를 새로 갖게 되면 사람들이 화냥년의 딸이라고 욕한다고 말한다. 그리고 아저씨에게 편지를 보내는데, 이후 아저씨가 떠나는 상황을 미루어 볼 때, 거절의 뜻이 담긴 것으로 볼 수 있다. 이 작품에는 무려 네 번이나 "엄마는 옥희 하나문 그뿐"이라는 말이 반복된다. 이러한 과도한 반복은 오히려 엄마가 옥희 하나로는 결코 행복할 수 없다는 어머니의 절박한 호소라고 할 수 있다. 특히 이 말은 아저씨에 의해 마음이 흔들리는 일이 일어난 후에야 발화된다는 점

would say. 'Ok-hŭi's father died, but now she has another father; what will they do next!'—that's what everyone would say. Everyone would point their finger at you. And when you grew up, we wouldn't be able to find you a good husband. Even if you studied hard and became successful, other people would say you're just the daughter of a loose woman.

After this, the mother sends a reply to the boarder's letter. Considering that the boarder leaves after he receives the letter, she must have rejected his marriage proposal. In the story, she repeats four times: "Ok-hŭi, you're everything to Mama." This excessive repetition is a desperate admission that she in fact cannot be happy with Ok-hŭi alone. The fact that she repeats it only after she feels moved by the boarder reinforces this interpretation. Nevertheless, she chooses not to remarry, proving herself typical of women who accepted their solitary and painful destiny in a patriarchal society.

Nevertheless, the reader does not necessarily feel pain or sadness from this story. Rather, he or she feels a delicate and somewhat comical beauty from it. This sentiment has to do with the fact that Ok-

에서 이러한 심증은 더욱 그 타당성을 얻는다. 그럼에도 사회적 시선 때문에 어머니와 아저씨는 끝내 맺어지지 못한 것이다. 이 작품이 담고 있는 옥희 어머니의 삶은 철저하게 남성중심적인 사회에서 여인이 겪을 수밖에 없는 고통스런 삶의 전형이라고 할 수 있다.

그런데 이 작품을 읽는 독자는 한스럽다거나 고통스럽다는 느낌보다는 희극적이기까지 한 섬세함과 아름다움을 느끼게 된다. 그것은 이 작품의 초점화자, 즉 눈과 입이 유치원에 다니는 여섯 살 옥희라는 사실과 밀접하게 관련된다. 어머니와 아저씨가 나누는 미묘한 감정의 흐름이 옥희를 통해서만 독자에게 전달되고 있는 것이다. 이 작품의 핵심적인 서사를 정리해 보자면, 홀로 된 여인이 재혼을 시도하다가 좌절한 것이라고 말할 수 있다. 어찌 보면 조금 통속적인 것일 수도 있는데, 그러한 서사가 이 작품의 독특한 서술시점에 의하여 어떠한 사랑 이야기보다도 맑고 깨끗한 느낌을 주게 된다. 또한 어머니가 처한 그 외롭고 고통스러운 상황도 옥희의 눈과 목소리에 의해 한결 순화되어 전달되는 효과를 얻게 된다. 「사랑손님과 어머니」는 소설에 있어 시점과 화자의 문제가 얼마나 중요한지를 분명하게 보여주는

hŭi, a five-year-old, is its narrator. The delicate emotional flow between her mother and the boarder is delivered through Ok-hŭi's eyes and words. As a result, a commonplace story of the frustrated remarriage attempt of a young widow becomes a love story—purer than other love stories—through the adoption of a unique narrative perspective. Ok-hŭi's perspective also delivers her mother's painful, lonely situation to the reader in a more refined way. In this sense, "Mama and the Boarder" is a work of art that illustrates how important a narrative perspective is in a short story.

The use of the five-year-old Ok-hŭi as a focal narrator has various effects. For example, since she is too young to understand emotions between adults, she guesses that they must be "angry" or "sick" when they act excited because of their feelings. In those scenes, readers are invited to actively guess what is going on behind the veil of Ok-hŭi's observations. Readers can also find pleasure in witnessing the unexpected result of Ok-hŭi's innocent lie that the boarder asked her to deliver the flowers she picked for her mother. Through Ok-hŭi, this story continues to offer its readers ironies in actions and expressions.

작품이라고 할 수 있다.

　이외에도 이 작품은 어머니와 사랑손님의 관계를 이해하기에는 너무 어린 옥희를 초점화자로 내세움으로써 여러 가지 효과를 얻는다. 일테면 어머니와 아저씨가 남녀 간의 감정으로 들뜬 모습을 보일 때면, '화가 났다'든가 '아픈가 보다'고 생각하는 것이 대표적이다. 독자는 이 작품을 읽으면서 옥희의 말 너머에 있는 사건의 진상을 추측하고 채워 넣는 재미를 느끼게 된다. 또한 옥희가 자신이 가져온 꽃을 어머니에게 주면서, 별 생각 없이 아저씨가 준 거라고 말하는 대목처럼, 옥희의 행위가 엉뚱한 결과를 낳을 때도 독서의 쾌감을 느낄 수 있다. 옥희라는 초점화자를 통하여 이 작품은 계속해서 표현과 행위 양면에 걸쳐 계속되는 아이러니적 효과를 발생시키고 있다.

　오랫동안 「사랑손님과 어머니」는 품격 있고 은은한 사랑 이야기의 상징처럼 사람들에게 읽혀졌다. 그러한 평가를 낳은 상당 부분은 여섯 살 옥희를 초점화자로 내세운 것과 무관하지 않다. 또한 풍금, 꽃송이, 달걀 등의 소도구를 효과적으로 사용한 것에서도 그 이유를 찾을 수 있다. 그러나 열아홉에 혼자되어 평생을 혼자 살

For a long time, "Mama and the Boarder" has been appreciated as representing an honorable and subtle love story. The narrative perspective of Ok-hŭi and the effective use of such props as an organ, flowers, and eggs contributed to this viewpoint. However, when we imagine a woman becoming a widow at eighteen and living alone for the rest of her life, we probably should reconsider such an understanding. Our perception that the love between the mother and boarder is pure, subtle, and dignified is likely influenced, consciously or unconsciously, by our patriarchal culture.

아가야 할 어머니를 생각한다면, 이 작품에 나타난 어머니와 아저씨의 사랑이 깨끗하다거나 은은한 품격이 느껴진다고 하는 평가는 재고해 볼 필요가 있다. 이러한 평가 속에는 우리의 (무)의식을 지배하고 있는 남성 중심주의가 작동하고 있는 것인지도 모르기 때문이다.

비평의 목소리

Critical Acclaim

근래의 창작계에는 이야기의 주인공이 죽든지 그렇지 아니하면 사람을 죽이든지 하는 소설이 많이 발표되었다. 6월에 발표된 창작 중에서 주요섭 씨의 「살인」과 최학송 씨의 「기아와 살육」 2편은, 기약하였던 것과 같이 주인공이 살인을 하는 것으로 그 종국을 닫았다. 이와 같은 것은 비단 유월에 발표된 것뿐만이 아니라 그전에 발표된 것 중에서도 이와 똑같은 종류의 것을 열거할 수 있다. (……) 이 경향은 사회가 어떤 고민 시기에 들어설 때에 필연적으로 일어나는 경향이며, 동시에 그것은 한 개의 과도기적 현상이나 그러나 다만 기교나 유희의 세계에 안주한다든가, 혹은 쓸데없이 관능적 퇴

Recently many short stories have been published in which protagonists die or kill others. Among works published in June, Mr. Chu Yo-sup's "Murder" and Mr. Choe Hak-song's "Starvation and Massacre" ended with their main characters murdered, as expected. [...] This tendency is inevitable in a society that enters a difficult phase. At the same time, although this is a transitional phenomenon, it is a trend that is hundred times more meaningful, humane, and truthful than a trend indulging in useless sensual decadence.

Kim Ki-jin, "A Recent Trend in Our Literary World: on Stories Published in June," *Kaebyŏk*, July 1925, 124-125.

폐한 기분 속에 방황하는 경향보다 백 배나 더 유의미하고, 사람답고, 진실한 경향이라는 것이다.

김기진, 「문단 최근의 일경향-6월의 창작을 보고서」,

《개벽》, 1925년 7월, 124~125쪽

「사랑손님과 어머니」는 여섯 살 난 어린 소녀 옥희의 눈을 통해 성인들 사이에 교류되는 복잡한 감정을 간접적으로 제시한 작품이다. 이 작품이 성공한 주된 요인은 천진난만한 1인칭 화자의 선택에서 나오는 독특한 예술적 효과에 있다. 어머니와 사랑손님 사이의 연정이 옥희를 통해서만 전달되고 그러한 상황이 옥희의 관점을 빌려 제시되는 간접성은, 자칫 통속화되기 쉬운 소재에 미묘한 긴장과 은은한 품격을 불어 넣는 미적 요소라고 할 수 있다. 초기 소설에서부터 나타나는 대상에 대한 거리와 냉정한 서술 정신이 예술파로 전신한 이 소설에 이르러 비로소 개화한 것이다.

진정석, 「단편소설의 미학을 위한 모색」, 『한국소설문학대계 22』,

동아출판사, 1995, 590쪽

"Mama and the Boarder" indirectly presents com-plicated feelings between adults through the eyes of a five-year-old, Ok-hŭi. This short story is suc-cessful mainly because of the artistic effect coming from the choice of a naïve first-person narrator. The indirectness of presenting love between a mother and boarder only through Ok-hŭi's per-spective is the aesthetic element that imbues a po-tentially hackneyed subject with delicate tension and subtle dignity. The author's detachment from his subject matter and his dispassionate narrative spirit, prominent from his early works, bloomed in this short story, after he had embraced aestheti-cism.

Chin Jeong-seok, "An Exploration into Aesthetics of Short Stories," *Hanguk Sosŏlmunhak Taegye* [Complete Korean Fiction] Vol. 22 (Seoul: Tong'a, 1995), 590.

Why do readers think that the entire short story or the central event of Ok-hŭi's mother's giving-up of her remarriage is pure and beautiful? The author himself was critical of the reality that forced Ok-hŭi's mother to choose what she did not want. Never-

왜 독자들은 작품 전체 혹은 옥희 어머니의 재혼 포기라는 중심사건이 '순수하고 아름답다'는 느낌과 판단에 사로잡히는 것일까? 작자는 옥희 어머니에게 원치 않는 선택을 강요하는 현실에 비판적인 생각을 지니고 있고, 그래서 그것을 제재로 소설을 지었다. 그럼에도 불구하고 그는 옥희를 서술자로 삼음으로써 옥희 어머니의 갈등과 좌절을 부드러운 분위기로, 순수하고 아름다운 것처럼 보이게 서술하였다. 그 까닭은 주요섭 자신도, 비판적 의지와는 달리, 그것을 당연하고 아름답게 여기는 남성중심주의적 인습에 젖어 있었기 때문이다.

최시한, 「초점화와 〈사랑손님과 어머니〉」, 『소설의 해석과 교육』,

문학과지성사, 2005, 64쪽

그는 다작의 작가도 문제작을 여럿 발표한 작가도 아니지만, 남녀 간의 애정 문제를 주로 다룬 통속 작가로 인식되는 것은 교정되어야 마땅하다. 그는 「인력거꾼」과 「사랑손님과 어머니」 등의 작품에서 날카로운 현실 인식과 객관적 묘사의 한 전범을 보여주었으며, 「북소리 두둥둥」과 「낙랑고분의 비밀」을 통해서는 환상성을

theless, he chose Ok-hŭi as the focal narrator and, as a result, presented Ok-hŭi's mother's conflict and frustration as something pure and beautiful. Chu Yo-sup must have been unconsciously subscribing to the patriarchal custom that beautified such frustration despite his conscious criticism of it.

Choe Si-han, "Focalization and 'Mama and the Boarder,'" *Interpretation and Education of the Novel* (Seoul: Munji, 2005), 64.

Although the author produced neither a large body of work nor many critically acclaimed ones, he should not be considered an author of popular literature, focusing only on love stories. "A Rickshaw-puller" and "Mama and the Boarder" are superb examples of critical awareness and an objective description of reality. He also experimented with a more flexible narrative aesthetic by embracing fantasy in "Drumbeat Dum-dum-dum" and "The Secret of Lelang Tombs." In light of these works, Chu Yo-sup is not a vulgar popular writer, who can be excluded from our short modern history. Instead, we should fill the gap in Korean literary history by duly interpreting and evaluating his works.

수용함으로써 보다 탄력적인 소설미학을 실험하기도 하였다. 이런 점에서 주요섭은 우리의 길지 않은 현대 소설사에서 제외되어도 좋은 통속 작가가 결코 아니며, 하루빨리 그의 문학이 정당한 해석과 평가를 받아 한국 문학사의 결락 부분이 온전히 보완되어야 할 것이다.

장영우, 「한국 근대소설사의 결락과 보완」, 『사랑손님과 어머니』,

문학과지성사, 2012

Chang Yeong-u, "Gaps in Modern Korean History and the Task of Filling Them," *Mama and the Boarder* (Seoul: Munji, 2012)

주요섭

　주요섭은 1902년 평양에서 아버지 주공삼과 어머니 양진삼의 8남매 중 차남으로 태어났다. 아버지는 목사였으며, 친형은 한국근대시의 개척자인 주요한이다. 1918년 숭실중학 3학년을 중퇴하고 일본으로 건너간 이래, 1943년 일본 경찰에 의해 북경에서 추방당해 귀국할 때까지 일본, 중국, 미국 등을 옮겨 다니며 공부하였다. 호는 여심(餘心)이고 중국 호강대를 거쳐 미국 스탠퍼드대학교에서 수학하였다. 단편「깨어진 항아리」가 1920년《매일신보》에 입선하여 등단하였다. 1934년 북경 보인대학 교수로 취임하여 1943년까지 재직하였고, 1953년부터 작고할 때까지 경희대학교 영문과 교수로 근무하였다. 이외에도《신동아》,《코리아타임즈》등에서 언론활동을 하였다. 수십 편의 소설을 창작하였으며 이외에도 시, 희곡, 동화 등 거의 모든 장르에 걸쳐 작품을 창작하고 외국 소설도 번역하였다. 한국문학사에 언급되는 주요섭의 작품은 크게 두 가지 계열로 나누어 볼 수 있다. 첫 번째는 등단부터 1920년대 후반에 이르

Chu Yo-sup

Chu Yo-sup was born the second son to Chu Kong-sam and Yang Chin-sam in 1902. His nickname was Yŏsim. His father, Chu Kong-sam, was a church pastor, and his eldest brother, Chu Yo-han, was a well-known pioneer of modern Korean poetry. Chu Yo-sup went to Japan in 1918, after dropping out of Sungsil Middle School, and studied and worked in Japan, China, and the U.S. until 1943, when he was expelled from Beijing by the Japanese police. He studied at Hùjiāng University in China and at Stanford University in the U.S. He made his literary debut in 1920, when his short story "Broken Vase" won the *Maeil Sinbo* competition. He taught at Fujen University in Beijing from 1934 until 1943, and at the Department of English Language and Literature at Kyunghee University in Seoul from 1953 until he died in 1972. He also worked as a journalist for the monthly magazine *Sindong'a* and the English-language Korean newspaper *Korea Times*. He wrote a few dozens of short stories, poems, plays, and children's stories. He also translated many for-

기까지의 작품들로, 하층민의 가난과 그 구조적 문제를 정치하게 보여주고 있다. 신경향파라는 이름을 안겨준 「인력거꾼」과 「살인」이 대표적이다. 두 번째는 30년대 중반에 집중적으로 쓰인 작품들로서, 뛰어난 작가적 솜씨를 바탕으로 뛰어난 형식미학을 보여주었다. 「사랑손님과 어머니」「아네모네의 마담」이 보여주듯이, 이 시기의 작품들은 인간의 미묘한 감정을 섬세한 심리묘사의 수법으로 품격 있게 드러내었다. 그러나 이들 작품의 대중적 성공으로 인하여 주요섭은 애정소설 작가, 통속 작가로 그 문학사적 의의가 축소되어 평가된 측면도 있다. 1972년 미국으로 가기 위해 수속을 밟던 중, 심장마비로 사망했다.

eign novels into Korean.

Chu's works are often divided into two categories. The first includes works he wrote until the late 1920s, such as "A Rickshaw-puller" and "Murder." Since they depict poverty and its social structure in detail, he was considered as belonging to the Singyŏnghyang School [New Tendentious School] during this period. The second category includes aesthetically mature works written mostly during the mid-1930s. As "Mama and the Boarder" and "Madam at Anemone" illustrate, the latter works depict human psychology in subtle details and a gracious manner. Unfortunately, the success of works belonging to this second category unjustly labeled him as a mere writer of popular love stories. He died in 1972, just before a scheduled trip to the U.S.

번역 **김종운, 브루스 풀턴** Translated by Kim Chong-un and Bruce Fulton

故 김종운은 서울대학교, 보든칼리지, 뉴욕대학교에서 수학했으며, 1962년부터 1991년까지 서울대학교에서 영어영문학과에서 학생들을 가르쳤다. 모던 미국문학의 전문가인 그는 솔 벨로와 버나드 맬러머드와 같은 유대 미국인에 대한 폭넓은 글을 썼다. 서울대학교와 한국학술진흥재단에 학장으로 재직한 바 있다. 『전후 한국 단편소설』(개정판, 1983)을 번역하였으며, 『정숙한 여인들: 고전 한국 소설 3』(리차드 러트 공역, 1974), 『레디메이드 인생: 모던 한국 소설의 초기 대가』, (브루스 풀턴 공역, 1998)

The late Kim Chong-un was educated at Seoul National University, Bowdoin College, and New York University. He taught from 1962 to 1991 in the Department of English Language and Literature at Seoul National University. A specialist in modern American literature, he wrote extensively on Jewish American authors such as Saul Bellow and Bernard Malamud. He served as President of Seoul National University and the Korea Research Foundation. He was the translator of *Postwar Korean Short Stories* (revised edition, 1983), the co-translator, with Richard Rutt, of *Virtuous Women: Three Classic Korean Novels* (1974), and the co-translator, with Bruce Fulton, of *A Ready-Made Life: Early Masters of Modern Korean Fiction* (1998).

브루스 풀턴은 한국문학 작품을 다수 영역해서 영미권에 소개하고 있다. 『별사-한국 여성 소설가 단편집』『순례자의 노래-한국 여성의 새로운 글쓰기』『유형의 땅』(공역, Marshall R. Pihl)을 번역하였다. 가장 최근 번역한 작품으로는 오정희의 소설집 『불의 강 외 단편소설 선집』, 조정래의 장편소설 『오 하느님』이 있다. 브루스 풀턴은 『레디메이드 인생』(공역, 김종운), 『현대 한국 소설 선집』(공편, 권영민), 『촛농 날개-악타 코리아나 한국 단편 선집』 외 다수의 작품의 번역과 편집을 담당했다. 브루스 풀턴은 서울대학교 국어국문학과에서 박사 학위를 받고 캐나다의 브리티시컬럼비아 대학 민영빈 한국문학 기금 교수로 재직하고 있다. 다수의 번역문학기금과 번역문학상 등을 수상한 바 있다.

Bruce Fulton is the translator of numerous volumes of modern Korean fiction, including the award-winning women's anthologies *Words of Farewell: Stories by Korean Women Writers* (Seal Press, 1989) and *Wayfarer: New Writing by Korean Women* (Women in Translation, 1997), and, with Marshall R. Pihl, *Land of Exile: Contemporary Korean Fiction*, rev. and exp. ed. (M.E. Sharpe, 2007). Their most recent translations are *River of Fire and Other Stories* by O Chŏng-hŭi (Columbia University Press, 2012), and *How in Heaven's Name: A Novel of World War II* by Cho Chŏngnae (MerwinAsia, 2012). Bruce Fulton is co-translator (with Kim Chong-un) of *A Ready-Made Life: Early Masters of Modern Korean Fiction* (University of Hawai'i Press, 1998), co-editor (with Kwon Young-min) of *Modern Korean Fiction: An Anthology* (Columbia University Press, 2005), and editor of *Waxen Wings: The* Acta Koreana *Anthology of Short Fiction From Korea* (Koryo Press, 2011). The Fultons have received several awards and fellowships for their translations, including a National Endowment for the Arts Translation Fellowship, the first ever given for a translation from the Korean, and a residency at the Banff International Literary Translation Centre, the first ever awarded for translators from any Asian language. Bruce Fulton is the inaugural holder of the Young-Bin Min Chair in Korean Literature and Literary Translation, Department of Asian Studies, University of British Columbia.

바이링궐 에디션 한국 대표 소설 099
사랑손님과 어머니

2015년 1월 9일 초판 1쇄 발행

지은이 주요섭 | 옮긴이 김종운, 브루스 풀턴 | 펴낸이 김재범
기획위원 정은경, 전성태, 이경재 | 편집 정수인, 이은혜, 김형욱, 윤단비 | 관리 박신영
펴낸곳 (주)아시아 | 출판등록 2006년 1월 27일 제406-2006-000004호
주소 서울특별시 동작구 서달로 161-1(흑석동 100-16)
전화 02.821.5055 | 팩스 02.821.5057 | 홈페이지 www.bookasia.org
ISBN 979-11-5662-067-9 (set) | 979-11-5662-076-1 (04810)
값은 뒤표지에 있습니다.

Bi-lingual Edition Modern Korean Literature 099
Mama and the Boarder

Written by Chu Yo-sup | Translated by Kim Chong-un and Bruce Fulton
Published by Asia Publishers | 161-1, Seodal-ro, Dongjak-gu, Seoul, Korea
Homepage Address www.bookasia.org | Tel. (822).821.5055 | Fax. (822).821.5057
First published in Korea by Asia Publishers 2015
ISBN 979-11-5662-067-9 (set) | 979-11-5662-076-1 (04810)

금기와 욕망 Taboo and Desire

바이링궐 에디션 한국 대표 소설 set 6

운명 Fate

미의 사제들 Aesthetic Priests

식민지의 벌거벗은 자들 The Naked in the Colony